BEST SELLER

Élmer Mendoza (Culiacán, México, 1949) es uno de los maestros de la novela policiaca contemporánea. Así lo expresan Arturo Pérez-Reverte, Mónica Lavín, Eduardo Antonio Parra y Rosa Beltrán. Edgar «el Zurdo» Mendieta, personaje principal en siete de sus novelas, es uno de los detectives más queridos del género. Ha publicado catorce novelas, algunas de ellas han sido traducidas al inglés, portugués, alemán, francés, italiano, ruso, rumano, griego y búlgaro. El escritor y periodista francés Philippe Lançon lo considera «uno de los mejores autores mexicanos, infinitamente realista e infinitamente formalista, un miniaturista de la narración, sonido, tonos. Escribe hilando voces, como un fabricante de encajes». Mendoza es miembro de la Academia Mexicana de la Lengua y de El Colegio de Sinaloa. Obtuvo el III Premio Tusquets Editores de Novela en 2008 con *Balas de plata*; además de ser ganador del Premio Sinaloa de las Artes en 2017 y el Premio Festival Tenerife Noir en 2020, entre otros. Recibió el título de doctor *honoris causa* por la Universidad Autónoma de Sinaloa en 2021. Es un entusiasta formador de novelistas y un acucioso promotor de la lectura.

Élmer Mendoza

Nombre de perro

DEBOLS!LLO

Nombre de perro

Primera edición en Debolsillo en Penguin Random House: septiembre, 2025

D. R. © 2012, Élmer Mendoza

Publicada mediante acuerdo con VF Agencia Literaria

D. R. © 2025, derechos de edición mundiales en lengua castellana:
Penguin Random House Grupo Editorial, S. A. de C. V.
Blvd. Miguel de Cervantes Saavedra núm. 301, 1er piso,
colonia Granada, alcaldía Miguel Hidalgo, C. P. 11520,
Ciudad de México

penguinlibros.com

Diseño de portada: Penguin Random House / La Fe Ciega
Ilustración de portada: © iStock

ISBN: 978-607-386-167-0

Impreso en México – *Printed in Mexico*

Para Leonor

El hombre es demasiado.

JORGE LUIS BORGES,
«Poema de la cantidad»

[…] guessing is always
more fun than knowing.

W.H. AUDEN,
«Archaeology»

No hay inmortalidad: hay memoria.

CARLOS CASTILLA DEL PINO,
Aflorismos

Uno

Habitación en el piso veinticuatro del hotel Hilton de Guadalajara. No perros no gatos, no. Son sus instrucciones, señor Ugarte, y quiero resultados expeditos. Un cuadro mal trazado horadaba la pared, cortinas cerradas, media luz. Calaba la tensión de la desconfianza. Con todo respeto, señor secretario, esos los obtendrán ustedes, fijó la mirada en cada uno de los tres hombres que le acompañaban. Hombre uno, Hombre dos y Hombre tres. Mi trabajo será proporcionarle información, lo demás no me incumbe. El secretario vestía traje negro y tenía siete tragos encima. Panza sancho. Ugarte lucía una corbata color vino y no había probado su cerveza. Tenía sesenta años cumplidos con celebración aplazada: En diciembre me desquito.

A sus órdenes señor presidente, ¿cómo está su señora, los niños bien? Un asistente les sirvió *whisky* y abandonó el pequeño despacho de la casa presidencial. Escuche, señor secretario: me dicen que sus datos son una mierda y como debe suponer no puedo confiar en ellos, quiero precisión, quiero exactitud, seriedad absoluta y resultados, ¿está claro? Le mandaré una persona capaz que no es de las nuestras e infíltrela, un amigo le ayudará, lo único que pide es saber de quién se trata y opinar, algo que no consentiremos, incluso rechacé que fuera uno de los suyos; necesito estar al tanto de lo que ocurra en esa reunión: quiénes asisten, si la señora es vulnerable, hasta dónde los podemos controlar y cuáles son sus planes; quiero saber sus próximos movimientos. El presidente bebió hasta el fondo y se volvió a servir. Lo podemos hacer con cualquier agente, señor, tengo elementos especializados; le suplico que ponga oídos sordos a mis enemigos, evidentemente quieren perjudicarme. ¿Qué no me entiende? Evite que nos involucren, deben sentir que son el enemigo, que se rompieron los acuerdos, que están enfrentando un Estado fuerte y poderoso. Tengo entendido que así lo asumen, señor. Pues no se nota, estoy hasta la madre de oír que me quiero legitimar, que la economía va en picada y que somos un Estado fallido, necesito que cada quien ocupe el casillero que le corresponde; si fracasa, vaya pensando en algún país africano adonde lo mandaría de embajador, sé que le gustan las jirafas.

Por eso se encontraban allí, en la suite presidencial. El secretario nervioso, sus guardaespaldas atentos; Ugarte, exmilitar vinculado a un poderoso grupo de poder, últimamente hacía escaso trabajo para el Gobierno, tenía problemas de salud y le tardaban demasiado en pagar: ¿qué les pasaba a los funcionarios que cumplían tan mal asuntos rutinarios? Eso sí, a la hora de las declaraciones son los primeros en abrir la boca. Sin embargo, tampoco resistió conocer de primera mano lo que se gestaba alrededor de la famosa guerra del presidente contra la delincuencia organizada y, quizá, pudiera cumplir un recóndito anhelo rememorado justo en el elevador cuando se acercaba a la suite presidencial; además, nunca se negaba a las recomendaciones del general Alvarado, que lo consideraba gente de toda su confianza y le mandaba pibil y objetos de henequén para Navidad. Hombre uno sacó un cigarrillo. Sillones negros. Hombre dos se lo arrebató y lo deshizo con una sonrisa. ¿Qué ocurría? Una guerra que parecía mediática llevaba un promedio de diecinueve punto tres muertos diarios y contando. ¿A qué aspiraba el presidente? Era claro, ¿qué pretendían los jefes de los cárteles? Buena pregunta.

El secretario, que no se atrevía a beber ante el presidente, vació su copa de un trago. Los acabaremos, Ugarte, esta guerra la tenemos ganada, el presidente no debería preocuparse, los gringos están felices, su embajador lo manifiesta sin venir al caso. Entonces, ¿por qué necesitan un infiltrado en una reunión de notables? Se arriesgó a que rechazaran su candidatura para el operativo. El funcionario lo examinó por treinta y tres segundos. Mi jefe quiere estar seguro y es el que manda, Alvarado lo recomendó a usted, no sé por qué, ¿ha escuchado de la Iniciativa Mochis? ¿Debería? Ugarte estaba harto, no quería la versión oficial de lo que el general le había explicado con pelos y señales y empezaba a sentirse mal; se puso de pie, le dio un número de celular para concluir. Solo lo llamaré una vez de esta maquinita, señor secretario, no deje de contestarme. ¿Cree que mis teléfonos están intervenidos? No sé los suyos, pero los míos sí, y este solo lo usaré esa vez. Pierda cuidado, le responderé. Hombre tres le pasó una tarjeta con el número que debía marcar. No lo delegue a alguno de estos jóvenes tan bien vestidos. Los aludidos lo escudriñaron sin expresión. Claro que no, Ugarte, ¿por quién me toma? Al final le será de utilidad, dispondrá de más tiempo para utilizar la información en su beneficio. Se cree la gran cagada, ¿verdad? Soy católico, señor secretario. Y va a misa a la catedral tapatía, Ugarte pensó: Cree que vivo aquí, y se puso de pie. Bueno, señor, debo retirarme, le pasó una tarjeta con otro número: Para que me diga lugar, día y hora de la reunión: solo responderé una vez. Se contemplaron reflexivos: Pinche James Bond de mierda. Maldito Fouché de cuarta.

Mientras en el lobby lo esperaban dos agentes para seguirlo, el exmilitar se recostó en su habitación del piso diecinueve. Se hallaba exhausto.

El alcohol es el único consejero que todo lo resuelve con dados.

Dos

Odiaba irse a la cama sin beber porque se quedaba dormido hasta tarde. Hey, Zurdo, no te hagas el que la Virgen te habla, me urge acción, recuerda que sin mí simplemente no eres nadie. Ya, pinche cuerpo, no estés chingando. ¿Por qué no, acaso no tengo derecho? ¿Quieres que te besen, te apapachen, te deslechen, verdad cabrón? Pa qué te digo que no si sí, quiero ver unas patas abiertas y ñaca, a como te tiente. Pinche degenerado. Bien que te gusta, no te hagas. Estás enfermo. Golpes en la puerta de la recámara y la voz de Ger lo despabilaron. Zurdo, levántese, ¿qué hace en la cama a esta hora? Arriba, tiene visita, vio el reloj. Es muy temprano. Cuál temprano, son las nueve y a esta hora usted nunca está aquí, ¿se emborrachó? Ojalá. Entonces aliviánese, no es hora de que un hombre esté acostado. Se oía lejos *Blanca Navidad*. ¿A qué hora crees que se levantan tus venerados roqueros? No ponga pretextos y apúrese; estamos en la sala. Se puso el pantalón. ¿Y ahora? Les he dicho a estos zánganos que no me busquen en casa, una playera negra. También a Gris, las botas David Toscana igualmente negras. Qué hueva, tengo que comprar *whisky* si no terminaré convertido en oso polar; además es diciembre y en esta ciudad, que solo tiene verano, es época de la otra estación: la del ferrocarril. En el extremo del pasillo esperaba Ger: tenía otra cara, algo festivo la iluminaba. Seguro cree que al fin me convenció de poner árbol de Navidad, quizás hasta ya lo compró y quiere que lo vea. Su Nescafé está listo, señor. Mmm, algo trae.

En la sala lo esperaba Jason Mendieta que con gran habilidad mensajeaba por su celular y al verlo se puso de pie. El Zurdo de inmediato supo de quién se trataba y se paralizó. Valiendo madre. Espejito, espejito. Nuestras vidas son los ríos que van a dar a la mar, pensó, y tragó saliva. Qué carácter el de Susana que pugnaba por ser algo más que un cuerpo, aunque todos la buscáramos por eso. Hola, soy Jason. Y yo Edgar, qué onda. Saludo de mano. Ambas recias, ambas nerviosas, húmedas. Misma estatura, mismos rasgos, misma sonrisa. El Zurdo con el pelo un poco largo y alborotado, Jason peinado como asterisco. Pinche Enrique, tenía razón. ¿Cómo estás? Bien. Se sentaron. El chico tenía un licuado de papaya a la mitad y Ger puso el Nescafé en la mesa de centro, cerca del Zurdo, al lado de unos santocloses panzones. Jason mensajeó rápidamente. Y tu mamá, ¿cómo está? Encantada, no para de hablar con mi abuela, se están poniendo al día. ¿Cuánto hacía que no venía? Cuatro años, mi abuela fue tres veces, pero ya no puede viajar. ¿Conocías Culiacán? Cada año pasábamos vacaciones aquí, hasta que mi mamá puso una taquería en Santa Mónica y se esclavizó; te traje esto, le alargó una pequeña caja con moño navideño. Mi tío Enrique dice que te gusta. Eran los cedés del *Bob Dylan's 30th Anniversary Concert*. Órale, qué buen detalle. ¿Quieren desayunar de una vez? Espero que no los tengas. No, y muchas gracias. Señora, ya desayuné. Para mí con el café es suficiente. Nada, Zurdo, no crea que porque está el joven aquí usted no se va a alimentar como es debido: ahorita le preparo un omelet de queso de cabra con rajas y cebolla, y a ti te hago otro licuado. Con este es suficiente, señora, gracias. El Zurdo continuaba bloqueado, el chico mensajeó de nuevo. ¿Realmente los hijos se parecen tanto a los padres? Qué hueva, deberían parecerse al lechero.

¿Cuándo llegaron? Anoche. ¿En carro? En avión. Ah, y qué razón me das de mi hermano. Está muy bien, algo gordo en comparación contigo. Debe ser muy tragón. Le gustan las hamburguesas con dobles papas y a todo le pone tocino, toma cerveza, a veces de más. ¿Es alcohólico? No creo, lo que sí, cómo se acuerda de ti, se ve que te quiere mucho; lo vimos el jueves pasado y se puso muy nostálgico. Silencio, se oía *Jingle bell, jingle bell, jingle all the way*. Me contó que eras invencible en la milla. Ahí ando, pero no me seduce y no entreno demasiado. ¿No quieres ser campeón olímpico? Prefiero ser policía. Mendieta lo observó, el chico era semejante a él, indudablemente mejorado, pero ¿a ese extremo? ¿No es como esos deseos de los niños que quieren ser bomberos? No, lo he meditado y estoy decidido. En Estados Unidos parece ser un buen trabajo, aquí, en la mayoría de los casos, es la última opción para el desempleo. No lo sé, lo que sí sé es que quiero ser como tú; varios de mis amigos han decidido ser lo mismo que sus padres y lo mismo haré. El Zurdo abrió la boca. Órale, este morro trae su rollo y no se anda por las ramas. ¿Es como una moda, eso de que quieran ser como sus padres? Puede ser, Jason leyó un mensaje y lo respondió al instante. Quizás es porque algunos son verdaderos héroes, de Irak, de Afganistán o de la ciudad. Ger los llamó a la mesa.

Joven, dígame otra vez cómo se llama, los nombres gringos siempre se me resbalan. Jason. Joven Jason, no debería desperdiciar la oportunidad de probar esta machaca, es especial, no como la que hacen con licuadora. Eso me dio mi abuela. Pues para que compare, pruébela, no me diga que en eso también se parece al Zurdo que come como pajarito, ándele, coma aunque sea un poco, usted necesita crecer fuerte y sano, aunque está tan alto como el Zurdo, y le sirvió. Que él coma su omelet y usted este manjar, pruebe estas tortillas de harina que están como Dios manda, necesita alimentar ese cuerpo. Ger es muy difícil de contradecir y, como puedes ver, tiene gran poder. No exagere. Jason tomó un bocado y masticó despacio, Mendieta lo observaba de soslayo. Así que este morro es mi hijo, pues sí, ni modo que qué, con ese pedigrí, y además quiere ser placa.

Tengo que llamar a Ortega para que me explique qué onda, ¿de qué habla un padre con su hijo, adónde lo invita, en qué lo orienta? No me la ando acabando, ni modo de llevarlo al Quijote; qué abitachado, como no contestaba sus llamadas no me avisó que venía, no fuera yo a salir huyendo, y eso de querer ser placa está cabrón, a poco no; Ger está encantada, hasta parece que se conocen de años, ¿lo debo llevar con las putas? No creo, debe tener su pegue, no es feo y mucho menos cacarizo.

Jason observaba tranquilo, era un chico fuerte, moreno claro, seguro de sí mismo, veía sus mensajes, respondía rápidamente o los ignoraba. Quiero un regalo de Navidad, expresó después de acabar el licuado. El Zurdo seguía flotando y Ger se hallaba en alguna de las habitaciones en lo suyo. Lo merezco. ¿Por qué? Soy el único de mi clase que este año no consumió drogas. Es muy grave eso allá, ¿verdad? Cuesta dejarla; si gustas puedes hacerme el *antidoping*, sonrieron. Te traje Nescafé americano, pero ni lo notaste. Mendieta saboreó el café. Tienes razón, sabe peor que el mexicano, se aflojaron y sonrieron. Mi tío Enrique me lo advirtió, que no me asustara, que la mayoría de tus respuestas estaban fuera de lugar. ¿Eso te dijo el maldito panza de agua? Ya hablaré con él. Dile de qué se va a morir. Oye, mamá quiere platicar contigo, no vayas a pensar que es cosa mía, yo quería conocerte y lo que surgiera, y ya está, me caes bien. Sintió el estómago alterado. ¿Verme, para qué? Pensó y propuso: ¿Te parece que hoy cenemos los tres? Tengo que hacer esta noche, así que vayan ustedes, ¿irías por ella a casa de mi abuela?

¿Por qué no? A las ocho; si hubiera trabajo pediré a mis colegas que me den un par de horas. ¿Me prestas tu Jetta? Quizá te muevas en un carro de la policía. Mejor te doy para el taxi, no vaya a ser, la ciudad está bastante caliente. Se miraron sin expresión. ¿Tan mal está la poli? Mal es poco, nadie se explica cómo funcionamos. De acuerdo, nomás no te olvides de mi regalo. ¿Has pensado en algo? Sí, después te digo. Ger fue a responder el teléfono que no paraba de timbrar. Hola: es Gris. El Zurdo tomó el inalámbrico, escuchó atento y expresó: Repíteme la dirección; órale, te alcanzo en una hora.

Tres

Ugarte era guapo. Las mujeres lo acosaban y los hombres lo llamaban maricón. En la prepa se lo dijeron tanto que más de una vez se sintió dudoso de sus preferencias sexuales: ¿Seré? Se vio en el espejo y se convenció de que su belleza superaba a la de sus hermanas. Por eso ingresó al Colegio Militar donde destacó rápidamente como duro. Al egresar, el general Alvarado lo entrenó en operaciones de inteligencia y jamás cometió un error; bueno, salvo uno, quizá dos: ser honrado y enamorarse de la persona equivocada. El primero lo obligó a perderse quince años, hasta que sus enemigos estuvieron muertos y enterrados; el segundo le trajo los mejores y peores días de su vida y quizá le aguijoneó su enorme potencial. Aunque fue expulsado del Ejército, el general consiguió que siguiera colaborando como agente especial, distinción que él agradecía con largueza.

Porque la soledad mata más que el cáncer, visitaba al Turco Estrada en prisión, un narco que purgó condena durante diecinueve años en la cárcel de Tijuana, con quien lo unía una amistad desde la secundaria. Además, La Jolla, California, no le quedaba lejos. Estrada era gordo y bajo de estatura y durante su tiempo en La Mesa, a pesar de las inhumanas sesiones de tortura física y psicológica, jamás le sacaron un nombre real; se inventaba apodos y situaciones hasta que se convencieron de que su fidelidad era perruna. Después vivió protegido en Culiacán, haciendo pequeños trabajos, educando a su familia y sobrellevando un odio que no podía extirpar de sus recuerdos.

Quiubo, pinche joto, escuchó Ugarte el saludo de su amigo, con quien se había citado en el Vía Verde, un restorán de comida naturista, porque ambos nada querían saber del alcohol, esa seducción de tres caras con tanta feligresía. Música ambiental navideña. Qué tal IBM. Ese apodo me caga los huevos. ¿Qué tiene? Inmensa Bola de Mierda, deberías estar orgulloso, ¿cómo está la familia? Machín, el año que entra el mayor se recibe de abogado y mi hija entró a periodismo, ¿y los tuyos? Lo mismo del año pasado, la mayor terca en ser militar y el menor cantante. Como Jim Morrison, ya ves que su papá era de la milicia. Ni lo mande Dios, el tipo era muy destrampado, es lo último que desearía para mi hijo. Pero cantaba *Light my Fire* como si fuera Dios nuestro señor. Mi hijo trae otro rollo, quiere salir en musicales y esas cosas, nada que ver con el rock. Una mesera con gorro de Santa les sirvió *chakiras*, el jugo que acaricia y aloca y sándwiches de pavo y queso.

¿Celebraste los sesenta? En familia, con una carne asada en el patio de la casa y agua de jamaica. El próximo año te hacen piñata. Mijo llevó un trío de violines, más aburridos que su puta madre; le reclamé: mijo, ya que hiciste el mal hubieras traído algo más movido; que no, porque como tesis de grado está elaborando una iniciativa de ley para que no haya ruido en la ciudad, que las fiestas de fin de semana no sean en casas o calles sino en salones. Si se aprueba, a ver cómo le hacen los polis que la apliquen. Va a estar en chino, ¿y tú, qué onda? Después de Navidad o en enero. Festéjate en enero, en diciembre hay muchas fiestas y no disfrutarías igual. Lo voy a pensar. Luego hablaron del clima, de que las mujeres cada vez eran más hermosas, de que Ugarte se veía muy pálido y más flaco que de costumbre y de lo cruenta que se estaba poniendo la guerra contra la delincuencia organizada. Lugar decorado con motivos navideños. *Din don dan, din don dan...*

Necesito un favor, murmuró Ugarte tranquilo, sorbiendo levemente su jugo; no había tocado su sándwich. Estrada se puso tenso, su mirada negra acusó un brillo más bien extraño, entre miedo y dureza, dejó de masticar. Hay algo de dinero, no mucho pero dentro de la decencia. Ya sabes de cuáles soy, pinche joto, no me rajo más que pura madre. Me estás mirando como si te fuera a golpear. Esa madre no la voy a superar nunca; antes quería no tener miedo, olvidar, ahora me vale madre, no tiene remedio. ¿Todavía despiertas por la noche? Sí, pero ya no grito, por tanto no incomodo a mi vieja. No se trata de señalar a alguien. Fue tu abuela, cabrón, es neta, la vi con estos ojos que se han de comer los gusanos. No he olvidado tu truco, IBM: mentir para dilatar. Órale, ¿y qué traes en la mollera? En los próximos días habrá una reunión de capos o de sus lugartenientes y necesito estar allí. ¿Y yo qué pinches pitos toco en eso? Sé que estás conectado. Conectada tu puta madre, ya te dije que corté hilos, es verdad. No tengas miedo, es un asunto de rutina. No me digas, ¿y luego iremos a bailar con nuestras respectivas viejas? Veré si es importante lo que acuerden. O sea que es un pedo gordo. Tal vez, aunque nada comparable con lo que tú y yo hemos vivido. Te vas a meter en las patas de los caballos otra vez. Es para sacudirme el polvo. ¿Dirás nombres? No hay de otra, pero solo de los que estén presentes. El Turco, tenso, recordó una trascendente reunión efectuada el día anterior al oscurecer en el hotel Paraíso. De boca cerrada no salen moscas. No me digas que estás de acuerdo con esta tonta guerra que solo cuenta fiambres, el Turco hizo una mueca de burla. Pues yo no, y quiero ayudar para que finalice, ¿estoy equivocado? Además tenemos sesenta, hay que divertirnos. A mí la guerra me viene guanga, me importa un pito, dicen que es una bronca del presidente, a quien según mi hijo le falta un tornillo. ¿Se te hace correcto que maten a tanto plebe? Que se los chinguen, ¿quieren andar en el ajo? Pues que sepan lo que es amar a Dios en tierra de indios los cabrones. Callaron, en el sonido del restaurante tocaban suave, con orquesta, *When I'm Sixty-Four* de Los Beatles. Ahí te hablan, bato. Nos hablan, diría yo. En ese momento llegaba una familia a desayunar, el padre y la madre observaron el lugar con notable aprehensión antes de sentarse. ¿De quién quieres ser lugarteniente? Del que mande, alguien al que pueda engatusar. Si van solamente capos, te chingaste. Lo sé, allí es donde quiero que me ayudes. Pinche joto, te gusta la mala vida. Es una manera de sentirse vivo, a poco no. El destino es cabrón. Y se levanta tarde. Haré preguntas por ahí, y como siempre que te he echado la mano, yo no sé ni madres, y bájale de huevos, puto, ya estamos rucos para jugar a los vaqueros. Es para no anquilosarnos, ya ves lo que dicen: órgano que no se utiliza se atrofia. Pero nosotros no somos órganos, no mames, yo con mis casi veinte años tuve suficiente, y tú con tus quince tampoco sales debiendo. Estás igual que mi mujer. Uta, si la mía se entera me corta los huevos. Sonrieron. Apenas puedo creer que te quieras meter con los Mañosos. Si me echas la mano no será difícil, ya verás; todos los días, entre cinco y seis de la tarde, pasaré por aquí hasta que te vea, lo prefiero a telefonearte, le pasó un sobre con dinero. Cuentas claras amistades largas. Te toca pagar, pinche joto. ¿Qué no íbamos micha y micha? Micha y micha mis huevos, paga y larguémonos, que de mejores congales nos han corrido. *Jingle Bells*, cantada por Boney M. en el sonido.

En la calle, un convoy militar se entretenía observando a las chicas.

Cuatro

El hombre es sus costumbres, y si lo quieren saber, fue lo
que mató al doctor Manzo; el último en salir, en terminar los
exámenes, en casarse y el primero en valer madre; a ver, ¿qué
perdía con que de vez en cuando se largara a echarse unas che-
las con sus compas y que su secretaria cerrara? Nada. Se iba la
asistente, luego la secre rubia y al rato él, no fallaba. Por eso
no me extrañó que se lo echaran al plato, que amaneciera como
perro faldero en su sillón con un tiro en la cabeza. ¿No fue en
su sillón? Da lo mismo, lo muerto no se lo quita nadie. De eso
tengo duda: en la escuela era insoportable, pero ahora, ¿quién
odiaría a un tipo como Manzo que no se metía con nadie, que
cambió hasta ser buena gente, con un cuerazo de mujer? Alguien de sangre muy negra. Cuando el negocio marchaba bien
me quedaba hasta tarde y lo veía salir, ahora que todo está patas
pa'rriba me voy a la hora que me da la gana y no pasa nada.
Este país es una mierda, dígame usted si no, metidos en una
guerra que no lleva a ningún lado, cincuenta millones de pobres y como sesenta de desempleados; ¿hay chamba de poli?
No me diga. Puede que haya sido un asalto, ahorita se ani-
man por cualquier cantidad y él era un doctor con pacientes
diarios; un torturador, sí, a mí me hizo ver mi suerte con una
amalgama de porcelana porque la que traía de metal, según él,
producía mercurio, veneno; pero ¿qué dentista no lo es? Parece
que lo disfrutan los cabrones. Si no fue asalto se lo chingó un

paciente, estoy seguro de que había varios que se la traían jurada, aunque, qué mala onda, la semana entrante me tocaba limpieza y siempre me cobraba la mitad, es que fuimos compañeros en la prepa. ¿Dime? Preguntó el tendero a un joven estudiante que se acercó. Un foco. ¿De cuántos watts? De los especiales. ¿Un foco especial, qué te estás creyendo, pendejo, que vendemos porquerías para que la gente se drogue? Estás demente: largo de aquí, imbécil. Pero. ¡Largo! Mendieta sonrió. Así que les vendes focos a los cristaleros, eh, qué interesante. No haga caso, mi poli, ese cabrón nos está cabuleando. Es muy fácil, puedes elegir entre encierro, destierro o entierro, como dijo el clásico. Pinche clásico, ¿no? Una cosa debe quedar clara: ayer me fui temprano con mis compas; no soy de los que da un consejo y se queda sin él.

Se hallaba tranquilo. La Navidad trae trabajo, regalos, fiestas, buen clima y relajamiento. La familia se une, los amigos llaman, los pacientes agradecen. Es posible comer casi todo sin remordimiento. Jesús permite eso y más.

¿Dieta? El lunes que viene empiezo. Continuaba resuelto: después de Navidad, Mazatlán: caminar por la playa, comer pescado a la plancha, ceviche de sierra con zanahoria y cerveza fría. A su mujer le encantaba. La paciente, una mujer guapa de unos sesenta años, echó un cuajarón de sangre, se enjuagó, tomó aire, la asistente llenó el pequeño vaso de plástico y continuó la extracción de un molar izquierdo. La última de la tarde. Compraría una novela de Juan José Rodríguez y algo de Antón Chéjov que también fue médico y se sentiría otro. Le encantaba sentirse otro, comportarse como otro, incluso cuando hacía el amor su mujer lo detectaba y emitía grititos y susurros que nada tenían que ver con la miseria que exhalaba cuando lo hacía con él. Hola, putilla barata, soy Johnny Depp, ¿te gustaría hablar de Edward Scissorhands, de *Los piratas del Caribe* o de plano te bajas los calzoncitos? ¿Dolió, señora Frida? Ya casi acabamos, enjuáguese por favor. Su voz salía velada por el tapabocas azul.

De nuevo recordó a su mujer. Espero que traigas los de corazoncitos, Brigitte, son los que mejor te quedan. Me puse los que me regalaste en mi cumple, Alaincito, o sea: nada.

Minutos después la paciente pálida abandonaba el lugar, la asistente la seguía: Hasta mañana, doctor, y la secretaria tres minutos después: Guardé todo en la caja fuerte, mañana empezamos con una extracción de las muelas del juicio al subsecretario de Economía, ¿lo recuerda? Suda todo el tiempo. ¿Nos pagó al fin? Prometió liquidar el viernes, que descanse, doctor. Buenas noches.

Sonrió, permaneció quieto unos minutos, se liberó de la bata; la iba a colgar cuando lo vio en la puerta. ¿Ya se va, doctor? Ha sido un día largo, sí. Antes sáqueme una muela, me está matando la hija de la chingada. Vestía *jeans* y una playera azul que decía London en el pecho. Ya cerramos, señor, mañana con mucho gusto, abrimos a las nueve, si puede venir a las ocho lo atenderé encantado. Ni se le ocurra, me atiende ahora o vamos a valer verga, grueso, moreno, mirada negra y pendenciera. Ruido en la sala. Se asomó y contó cuatro sicarios armados que descansaban distraídos en los sillones y el escritorio. Dos se metían coca, otro fumaba y el más joven escribía en una cartulina grande. Notó un bulto bajo la playera del paciente forzoso y se estremeció. Mi asistente se acaba de ir y para ese trabajo es necesaria. Déjese de pendejadas, doctor, cualquiera de los plebes que están allí le puede servir de ayudante, ay, cabrón, ya no aguanto el puto dolor. ¿Hay inflamación? Siento una bola, hace una semana que crece y crece. Abra la boca, dejó la bata en el sillón. Observó. Aliento etílico sobre un fuerte tufo. Trae un absceso gigante y está muy inflamado, pero aguanta hasta mañana que le vamos a hacer una radiografía y lo tendré que operar, ¿es alérgico a la anestesia? Qué mañana ni qué la chingada, doctor, entienda, me está cargando la verga, sáqueme esta madre ahora. Taquicardia. Entienda usted, señor, como la trae es imposible la extracción, le voy a dar unas pastillas para bajar la inflamación y mañana nos vemos. Chingada madre, qué terco es usted, sacó su arma. Cómo me encabrona que se quieran pasar de vergas, y le disparó al corazón.

El eco es un cartílago de atleta.

Y fue recordar: Una vida apacible, su boda en santa Inés, maquillaje de último minuto, el arroz de colores volando, la fiesta en el Country, la luna de miel en Hawái cinco cero, cómo le gustaba Chespirito y los raspados de ciruela y esa bicicleta azul que no le compró su papá cuando iba a la secundaria donde todos lo odiaban porque era excelente estudiante y no se dejaba copiar porque temía a los caballos, y sus padres no le permitían dormirse sin rezar.

Edgar Mendieta contempló el cadáver del doctor Humberto Manzo Solís. Sangre seca a la altura del corazón. Dos tiros en el pecho y ocho en el abdomen. Ortega y su gente trabajando, el forense apurado escribiendo su informe. Adornos de Navidad por todas partes. Zurdo, qué bueno que llegaste, me tengo que ir. Pinche Montaño, ¿ya notaste que estás enclenque? Estoy perfectamente, además te tengo una nueva, compré una casa de interés social, ya no gastaré en moteles. Al fin te vas a hacer rico, cabrón. Cuando se te ofrezca, ahí está, a la orden. ¿La usarás desde hoy? Claro, me la regalé de Navidad y en unos momentos la voy a estrenar. ¿Y este? Señaló el cuerpo en decúbito supino en el piso. Tiros en el corazón, salió por la espalda y lleva entre doce y catorce horas de muerto; los del estómago son extra y ninguno mortal. ¿Qué haría antes de morir? Reflexionó el detective. Ahora los médicos no fuman en sus consultorios, tal vez chupó un caramelo, o le llamó a su mujer; por lo que se ve no peleó por su vida; por la hora debió estar solo, claro, un acompañante normal nos hubiera llamado o tendríamos otro cadáver. Amigo, te lo encargo.

¿Lo conociste? No, pero tenía fama de buen médico. Felicidades por la casa. *Din don dan, din don dan, ya es Navidad*, cantaba un técnico mientras trabajaba; Ortega se acercó mostrando dos largos trozos de plomo junto con ocho más pequeños. ¿Por qué utilizarían Herstal con él? Era dentista, no usaba chaleco antibalas. ¿Y las otras? Cuarenta y cinco, que se las dispararon ya cadáver, según Montaño, hay impactos en el piso, las grandes pegaron en la pared. Quizá no tenían otra arma. Una respuesta genial, al fin comprendo por qué te hiciste poli. ¿Has visto a Gris? En ese privado interrogando a la secretaria, que fue la que llamó. No hay señales de lucha, su bata está sobre el sillón de pacientes, Jack el Destripador por todas partes. Cerca de ellos, el técnico cantor recogió unos granos blancos, otro tomaba fotos, uno más localizaba huellas. Dime una cosa, Ortega. Hey, hey, ni madres, estoy aquí por accidente, papá, no hay día en que no tengamos más muertos de los que podemos atender, así que no empieces con tu «hazme un favor que al cabo somos amigos». Qué pinche mamón vienes hoy, cabrón. Te conozco mosco. Es una pregunta, y no es del trabajo. Güey, no me gusta batir mierda, ya sabes. ¿De qué platicas con Memo? El perito abrió la boca y meditó un momento. Vas a cambiar de chamba o qué. Más o menos. Ahora que lo preguntas, hablamos poco y cuando ocurre es de futbol, lo trae loco el Chicharito. ¿Solo de eso? ¿Pues qué más? Ni modo que le cuente de los lugares del crimen o de cómo encontramos los cadáveres, ¿y esas preguntas? Curiosidad, ¿le prestas tu carro? Una noche sí y la otra también. ¿Qué le regalarás en Navidad? Oye, qué pedo, ¿estás saliendo con alguien que tiene un hijo o qué? Perdón, señor, no pensé que fuera *top secret*. Un hijo es un infierno, cabrón, te hace pagar todos tus pecados, los del pasado y los que vas a cometer dentro de cien años, pero solo lo sabe el que lo tiene; y si son tres, son tres infiernos, si no es que más. Qué suerte entonces haber salido machorro. Y si le prestas el carro hay que darle para los condones, pinches muchachos no se conforman con agasajar, siempre quieren mojar la brocha y les vale madre el pedo de los embarazos. Hey, hey, solo era una pregunta, tranquilo, veo que toqué un punto sensible. ¿Sensible? Es un aquelarre, cabrón, dale gracias a Dios que no te tocó.

Dicen que la distancia es el olvido, atentamente Luis Miguel.

Entró al privado donde Gris Toledo terminaba con Noemí Campa, la secretaria rubia que se hallaba realmente compungida y fue incapaz de expresar algo que pudiera servir. En otra silla, sollozaba Lizzie Tamayo, la joven viuda. Mantente localizable por lo que se pueda ofrecer, formuló Gris e invitó a Campa a abandonar el sitio. En la pared unos renos de unicel jugueteaban.

Lizzie: Treinta y cinco años, 90-60-92, reina de belleza en la prepa, dos semestres de Administración en el Tec, sin hijos, se casó con Manzo para contrariar a su novio de toda la vida, le gustaba Madonna, Mecano y Maná, adoraba vestir *sexy* y las telenovelas, su amante se llamaba Daniel: Dani para ella, aunque dos o tres veces por semana se acostaba con su exnovio. En la prepa salió en una obra de teatro en la que gimoteaba todo el tiempo: la recordaba en ese momento.

Mendieta la observó y experimentó una gran pereza. Tiene cara de ni fu ni fa, y podía adivinar sus respuestas antes de preguntar: ¿Le contó el doctor sobre alguna persona que lo odiara?

Mendieta: (*En su mente*) No.

Lizzie: Sí.

Mendieta: Ah, cabrón, me equivoqué; aparte está que se cae de buena la desgraciada.

El detective, atento, esperó unos segundos sin que ella agregara algo; ¿De quién le habló, señora de Manzo? Gris observaba con desconfianza. ¿Quién lo odiaba tanto?

Lizzie: Su padre, de niño nunca le compró una bicicleta de carreras y sus regalos de Navidad nunca fueron lo que él deseaba.

Mendieta: Jason quiere un regalo, ¿qué podrá ser, una cara y dos manos en la pared?

Gris sin parpadear, a una señal del Zurdo continuó el interrogatorio: ¿El domicilio del señor?

Lizzie: Murió hace dos años, pero odiaba a Húmber, incluso nunca me trató bien, no le gustaba mi estilo y me criticaba.

Sollozaba. Los detectives continuaron por unos minutos donde soltó lo de Dani y lo del novio de toda la vida con todo y domicilios, además de que el doctor tampoco tenía madre ni hermanos. Solo un par de primos que vivían en Puerto Vallarta a los que solo vieron una vez.

¿Y los periodistas, y Quiroz? Raro que no hayan llegado. Solo les interesan las grandes matanzas, un muerto ya no es noticia. Su amigo tiene como un mes sin aparecer, quiero oír que le reclame cuando dé la cara. Espero que lo hayan levantado al cabrón enfadoso.

Abandonaron el lugar con la lista de pacientes, proveedores y demás. Noemí regresó de la puerta a los que acudían a su cita y cerró cuando salieron todos. El subsecretario de Economía se retiró transpirando y casi transparente.

Mendieta conversó con el propietario de la ferretería de enfrente, un excondiscípulo, que aportó datos sobre las costumbres del doctor Manzo. Encargó a Gris encarar a los amantes mientras él se ocuparía de las listas. ¿Qué clase de pacientes tenía que usaban coca en la sala de espera? La primera observación de los técnicos fue que era pura. Lo de Jason es increíble, además voy a cenar con Susana Luján, a ver si no sale con su faldita y sin calzones. Ay, mamá, Dios te oiga, ¿recuerdas su lunar ahí? Cállate, pinche cuerpo, eres lo peor de lo peor, no puedes ver una morrita porque ya te la quieres dejar caimán. Oye, esta Lizzie está que nomás tienta, ¿no? Cálmate, pinche lépero, no dejas una pa comadre.

Antes de enfilar a la jefatura, se echó un coctel de pulpo, camarón y harto chiltepín con Roberto, el mejor marisquero.

Cuando las novedades son las mismas, no hay novedad; eso le pareció: doce cadáveres en diversos puntos del estado, el Ejército patrullando, la policía atemorizada, los políticos declarando que no se preocuparan, que solo jugaban a los vaqueros y el país ardiendo. Se hará costumbre, y las costumbres no inducen a reflexionar. Dejó el periódico al lado y le marcó a Enrique: ¿Qué onda, panzón? A poco no está igualito a ti el morro. Lo acabo de conocer y me cayó muy bien. ¿Ya te dijo que quiere ser poli? Y está en un club de jóvenes donde todos pretenden ser como sus padres. Pinche Edgar, te oyes entusiasmado. Por eso te llamé, para que escuches cómo me siento. Es un buen chico, trátalo bien, se lo merece. De eso no te preocupes, además tiene nuestros genes por todas partes. Le gusta ser familiar, con mis niñas se porta muy bien, hasta les regala cosas. Saca a su padre, a poco no. Felicidades, carnal, y no andes de pinche codo, dale dinero para que la role. ¿Le alcanzará con dos/semillones? No mames y pórtate a la altura. Seré un padre *modelo*, no te preocupes. Un padre *tecate* también estaría de pelos. Bueno, nos vemos, debo ir a atrapar a un capo mayor. No me hagas reír. El Zurdo colgó, luego sacó su cuaderno de notas, recordó el trasero de Lizzie Tamayo, su escote generoso. ¿Quién dijo que el escote es lo que mejor viste a la mujer?, y vio que solo tenía los datos de los amantes. Noemí aseguró que era un hombre ejemplar y que sus pacientes lo adoraban. Ofelia Anchondo, la asistente que llegó después tampoco dio pistas. ¿Caso imposible? Mis huevos, en este tiempo todo es previsible, lo mismo la lluvia que una balacera o una boda. Valiendo madre, mañana es la boda del Diablo Urquídez con Begoña y prometí asistir. A ver, papá, ¿a quiénes torturabas? Anayansin I., licenciado De la Rocha, este güey, ¿no es el subsecretario de Economía? Con razón estamos como estamos; Carlos Omar Pérez, María Paredes, Martha y César Fuentes, Samuel Estrada, Daniel Quiroz, mira nomás, y yo que pensé que este cabrón no se bañaba. Leyó tres páginas sin experimentar inquietud. Llamó a Angelita,

¿Quién de los muchachos está aquí? Acaba de llegar Terminator. Que venga.

Mi Termi, lee esta lista y dime a quién conoces o quién te suena. El agente, veintiocho años, flaco como una vara, leyó detenidamente. Conozco al licenciado De la Rocha, es muy nervioso o está enfermo, porque siempre está sudando. A ese güey lo conoce todo el mundo, es culpable del desmadre económico, pero no lo podemos embotellar, ve los demás. Nuevo repaso. ¿Sabe quién es Carlos Arredondo? ¿Cómo voy a saberlo? Le dicen el Caporal, y habría que checar, parece que es más o menos pesado. Esos cabrones también van al dentista. Se enferman. Sí, a ver, según esto tiene cita en tres días, vamos a marcarle. Tomaron el número de la lista. A la séptima respondió una voz femenina. Comuníqueme con el señor Arredondo. ¿De dónde llama? Consultorio del doctor Humberto Manzo Solís. El señor no está. Ah, es que tiene cita para limpieza dental. ¿Quién habla? Miguel Alonso, el nuevo secretario. Ah, es que siempre llamaba una señorita. Está de vacaciones de Navidad, perdón, ¿usted estudió canto? ¿Yo? Cómo se le ocurre. Es que su voz se escucha potente, como si la ejercitara. Soy de la sierra y allá nos hablamos a gritos. Pues se oye usted muy bien. Gracias. Entonces, ¿cree que el señor Arredondo no vendrá esta tarde? No sabría decirle. ¿Le podría preguntar? No está, se fue hace dos semanas, llamó antier, dijo que venía hasta el mes que entra. ¿No pasará Navidad aquí? Nunca lo hace. Oiga, ¿de veras no canta? Ni en el baño. Me pregunta el doctor si sabe si se presentará la persona que recomendó don Carlos. No sé, no sabía que hubiera recomendado a alguien. Bien, se lo diré, cuide esa voz, que bien podría cantar en el coro Ángela Peralta, feliz Navidad. Igualmente.

Entró Gris. ¿Alguna novedad? Nada, jefe. Mi Termi, investiga quiénes son los amigos de Arredondo, quizás uno de ellos necesitaba que le incrustaran diamantes en los dientes. No olvide que la bata estaba sobre el sillón, tal vez ya había terminado su jornada. Puede ser, sin embargo, a este señor quizá no le gustó el trabajo, fue a reclamarle y le dio piso, como sugiere su amigo el de la ferretería; veamos los pacientes de los últimos días. La última fue la señora Valenzuela, Frida Valenzuela. Quizá se trata de alguien que solo fue a matarlo y educadamente esperó a que saliera la última paciente. Buen punto, jefe. ¿Y los amantes de Lizzie? Los tengo en la salita. A ver si no pelean. Son amigos, conversan como si nada. Enciérralos un rato y vamos a comer. ¿Y si vienen los de Derechos Humanos? Uno de ellos trae un salivero de que está muy relacionado. Les expones nuestro caso de policías mal remunerados y peor equipados. A propósito, ¿sabe cuándo nos pagarán el aguinaldo? Agente Toledo, ¿tengo cara de trabajar en Pagaduría? Disculpe, es que, necesito dinero. No te desesperes, seguro llega antes de dos años.

Fueron al Quijote.

La Cococha no estaba, había tomado vacaciones hasta el 22 de diciembre. Así que pidieron cerveza, bistec con papas, tortillas de harina y salsa mexicana. No lo podía creer, los tipos resultaron amigos, Dani no sabía que Lizzie aún veía a Constantino, quien sonreía despreocupado. Es la educación democrática de estos tiempos, agente Toledo. A poco usted aceptaría, si tuviera una chica, que anduviera con otro. Bueno, ¿cuándo hemos sido demócratas los polis? Quizá por eso me extrañó, aunque el cornudo era el doctor Manzo. ¿Cómo viste el consultorio, Gris? Entre tanto adorno de Navidad no advertí ningún indicio. Por lo que dijo su condiscípulo, que por cierto vende focos para crack, el tipo estaba solo; debe haber llegado un paciente retrasado que quizá no esperó en la sala, eso indica que llevaba acompañantes, ¿quién deja botados dos granos de coca pura? Un narco. O su guardaespaldas. Un ciego. Un distraído. Alguien que traía demasiada; además el arma, usó una matapolicías. Estamos cerca y lejos. Entonces, ¿qué hago con los novios de Lizzie? Los principales adictos a la coca pura están en las clases medias y altas; debemos interrogarlos, tal vez alguno de ellos lo quería quitar de en medio. Bueno, ya en ese plan, la chica lo vale.

En ese momento, la banda del lugar se arrancó con *Blanca Navidad*, para que el tecladista se luciera.

Cinco

Scottsdale, Arizona. Héctor Ugarte abandonó el Scottsdale Healthcare Center de la calle Drinkwater con gesto resignado. Se lo habían confirmado por sexta vez: su cáncer de próstata era letal, tenía por delante dos probables y difíciles meses de vida. Esto no le preocupaba, desde el Colegio lo había decidido: ante cualquier situación terminal se daría un tiro en la cabeza, una tradición militar que respetaría. No obstante, quería hacer este último servicio al general Alvarado, el hombre que le había enseñado a tener país, a comprender la fragilidad humana y convivir con la corrupción y los narcos sin mancharse; además, era obvio que necesitaba distracción efectiva. Recordó al secretario en quien no confiaba, pero que servía de enlace.

Seis horas después aterrizaba en el aeropuerto Pedro Infante de Culiacán, Sinaloa. Tomó un taxi y treinta y cuatro minutos después entraba al Vía Verde a beber unos sorbos de *chakira* con el Turco Estrada. Pinche joto, lo preciso nunca se te va a quitar, hace siete minutos que llegué y apenas es el segundo día. Hay vicios que dan buena imagen, IBM, ser puntual es uno de ellos. Esos vicios no me van: prefiero un carrujo bien forjado; a veces, me muero por un pase, sentir el cosquilleo en la nariz y ver cómo la voluntad se me alza machín. ¿Y? Me muerdo un huevo, caigo una vez y chingó a su madre la pistolita. Cómprate un huevo de plástico entonces. Sería bueno, para no acabar desgüevado. Llegó el *chakira*. *Noche de paz* en el sonido. Estrada le pasó un papel doblado. Por si me estuvieran leyendo los labios, ah, y no es de los que se queman solos, eh, así que me lo devuelves. No seas desconfiado, ¿qué puedes perder? Chinga a tu madre, pinche joto; oye güey, como estás medio paliducho, sirve que te das una asoleada. Tendré que hacer un ajuste para sentirme bien. Nomás no te hagas más joto. Ni tú más IBM.

«Antonio el Rorro Gómez, Maz», leyó, lo de Maz era adicional y le gustó, regresó el papel a su amigo que lo metió en la bolsa interior de su chamarra y esperó. Es un bato carita que siempre anda buscando viejas buenas, acostumbra llegar antes, es de Tijuana y le gusta el hotel Sábalos. ¿Cuándo se reúnen? Nadie sabe. Gracias, te has ganado un *chakira* doble, colocó un sobre gris con el resto de la paga. Es la última vez que hacemos pendejadas, no lo olvides, si quiero que mi relación con la plana mayor sea correcta no debo andar haciendo preguntas que queman, hubieras oído el rugido de mi compa cuando le telefoneé: Qué onda, ¿y tú cómo sabes eso? Le inventé un par de cosas. Es lo menos que esperaba de ti, ¿sigues peleado con los Valdés? No me hables de esos cabrones, ahora con la vieja tortillera al frente espero que valgan madre; trae de achichintle al hijo del Enano Garcés, ¿te acuerdas? Aquel cabrón chaparro al que dieron cran la noche que me apañaron. Lo recuerdo. Así que con esos desgraciados nada, y no te hagas pendejo, por ahí dicen que también te dieron lo tuyo. No inventes, jamás me tocaron o me sentí afectado. Callaron, el Turco intentaba controlar su ansiedad. Y qué, ¿te llevarás una morrita? Dos, para que jueguen relevos.

Ugarte entró a su casa en Culiacán, en la colonia Las Quintas. Muebles de piel pasados de moda, dibujos a tinta en las paredes, objetos sucios sobre credenzas polvorientas, patio con plantas y pasto descuidados, follaje, ningún motivo navideño.

Se tomó su medicina y se relajó en un viejo reposet amoldado a su cuerpo. Durmió unos minutos. Luego fue a su estudio: librero semivacío, mesa de trabajo en desorden, en la pared un diploma del Colegio Militar y unos dibujos como los otros; abrió su laptop, leyó con sonrisas los mensajes de su hija y los respondió. El Turco tenía razón, había perdido lozanía y para hacer su trabajo no convenía verse desagradable. Meditó que quizá se había excedido, ¿no tendría otra persona de confianza el general Alvarado? Reflexionó que debía sobreponerse, después de todo no era un agente cualquiera y era un caso muy especial, mientras más lo pensaba más se lo parecía; luego revisó los periódicos en la red: los muertos aumentaban, las teorías del general sobre la solidificación del poder no lo convencían; para él era una masacre con todos los pelos, y la Iniciativa Mochis un negocio de millones de dólares que irían a parar a los dioses del Olimpo. Tampoco se engañaba. En política como en la vida, solo sobrevive el más fuerte, en la democracia el más hábil y siempre el que mejor maneje la distancia entre el ser y el deber ser. El éxito se reduce a una cosa: el beneficio de El Supremo. Quince años tuvo que alejarse por pensar diferente y no doblegarse al poder del narco y su poderosa telaraña; si no fuera por Alvarado quizás hubiera desaparecido con todo y sus grandes virtudes.

La noche anterior había tenido un sueño: Me encuentro en un paraíso ultramoderno, lleno de máquinas electrónicas y decorados aromáticos. Estoy feliz, me gusta el lugar y lo que veo. Observo la foto de una montaña nevada en una pared, cuando de uno de los artefactos se desprende un cuchillo de caza. Brilla. Vibra. Me percato de que en su vuelo se aleja y respiro aliviado, pero solo fue un instante: en realidad se dirige al corazón de mi hija que descansa acostada en una colchoneta de agua, intento correr y no puedo, gritar y tampoco, María se burla y el cuchillo de cacha roja volando seguro hacia la joven que espera con los brazos abiertos, propicia para el sacrificio. ¡No! Despierto bañado en sudor.

Recordó y experimentó un leve escalofrío. No se lo contaría a Francelia que vivía en Cuernavaca con su madre y su hermano. Contar los sueños es cosa de idiotas y él jamás lo haría; eran sueños y ya, generalmente irrelevantes. En el Colegio, donde soñaba pesadillas todas las noches, lo supo; un día le refirió una a su mejor amigo quien lo exhortó a que se dejara de boberías. Regresó al sillón y poco a poco fue cayendo en un amodorramiento suave. Le cumpliría a Alvarado, no sería tarea fácil, no como antes cuando las tenía todas consigo y su nombre evocaba el infortunio; sin embargo, lo haría con serenidad, con las pocas fuerzas que le quedaban, entregado incondicionalmente a lo inevitable.

Dos días después le llamó el secretario.

Seis

Track. Constantino Blake Hernández, treinta y cinco años, culichi, ingeniero en mecatrónica, practicante de *kick boxing*: Conocí a Lizzie Tamayo en la prepa, fue mi vieja tres años, hasta que se casó con el doctor imbécil. ¿Te dejó para casarse con él? Algo así, fui de fin de semana a Mazatlán y cuando regresé ya no era mi novia. Debe haber tenido una buena razón. Juzgue usted: quería un médico en la familia y se casó con un dentista. ¿Por eso lo mataste? ¿Yo? A mí no me va a enredar, odiaba al cabrón, no lo niego, pero se me pasó el coraje cuando nos convertimos en socios. Cuando te hiciste amante de su esposa. Más o menos. ¿Dónde estuviste ayer de las ocho de la noche a las seis de hoy? ¿Tengo que responder? Eres sospechoso del homicidio del doctor Humberto Manzo Solís. Ya le dije que no tuve que ver, acepté venir porque quería ver con mis propios ojos lo jodidos que están. ¿Entonces? Prefiero llamar a mi abogado, me da hueva responder preguntas tan pendejas. Usa tu celular. Pausa larga. No contesta. Tienes cara de haber vivido intensas emociones en las últimas horas. Sonrisas. ¿Se me nota? ¿Desde cuándo eres amante de Lizzie Tamayo? Desde siempre, soy el único que la satisface, esa perra cuando está conmigo es la mujer más feliz del mundo; se casó y todo, pero en cuanto volvió de la luna de miel reanudamos nuestra vida amorosa. ¿Estuviste con ella anoche que murió el doctor? No, ella respetaba ese espacio con él y a mí me valía madre, se divertían con ridiculeces: les gustaba fingir que eran otros. ¿Conoces a Daniel Peraza? Aunque nunca nos hemos tomado una cerveza, creo que no nos hemos llevado mal. Y tampoco anduviste con él la noche del crimen. Claro que no, oiga, ya me cansó esta madre, si no encuentro a mi abogado, quiero pagar la multa o lo que sea y largarme, este lugar apesta. Pues márcale, que no se diga que te torcemos el brazo para que confieses. Pausa. Algo pasa, esta sala, claro, no hay señal, cree que soy idiota, ¿verdad? A qué te refieres cuando dices que les gustaba fingir que eran otros. Jugaban a ser otros, por ejemplo, ella Marilyn Monroe y él John F. Kennedy, y se decían porquerías como si fueran ellos; Lizzie me contaba esas cosas. ¿Te contó de Daniel? Claro, no soy celoso. ¿Entonces no tienes coartada? Oiga, no me cague los huevos, no maté a ese pendejo y ya no soporto este pinche hedor, ¿acaso es usted la que huele así, anda menstruando? Track.

Gris y el Zurdo escucharon la grabación y mandaron al Gori Hortigosa a que les preparara al reo para una segunda sesión. Doce minutos después entró uno de los custodios: Llegó el Gori muy acá a la celda del detenido; compa, pórtese bien, no le falte al respeto a mis compañeros. El bato miró al Gori que daba pasitos por la celda. Ahí le encargo que se porte como la gente, dijo eso y le soltó un madrazo que lo alcanzó en un hombro; no lo hubiera hecho, el compa se paró hecho una fiera y rájale, madrazo arriba madrazo abajo y tiki, uno en la cara y ahí va el Gori al piso, bien noqueado, haga de cuenta que le pegó Julio César Chávez.

Mientras dos custodios sacaban al Gori de la celda y le echaban agua en la cara, otro fue a avisar a los detectives, que lo siguieron. El Gori se reponía. El Zurdo se aproximó. ¿Todo bien, mi Gori? Mi Zurdo, pido mano. ¿Seguro? Porque no te dejaremos usar artefactos. No los necesito, mi Zurdo, el bato sabe golpear y me chingó, lo reconozco, ahora quiero usar mi derecho de réplica, como dicen. ¿Y si te madrea de nuevo? Renuncio, mi Zurdo, o me pones a engargolar hojas o a acomodar el archivo. ¿Qué día es hoy? El mejor del año, mi Gris. ¿Y si lo dejamos para dentro de un rato, cuando te repongas totalmente? De una vez, mi Zurdo, lo que se vaya a cocer que se vaya remojando.

Sentado en la cama de cemento, Blake Hernández escuchaba la conversación con una sonrisa torva. Mirada negra. Las celdas contiguas vacías. El Zurdo dudó. Este cabrón debe tener entrenamiento militar y el Gori está viejo, se ve muy confiado. Gori, si quieres usar alguna picana o algo, le musitó. Puedes hacerlo. Ni madres, mi Zurdo, quiero una bronca derecha. Entonces se dirigió al preso. El señor quiere un tiro derecho, ¿alguna objeción? Ninguna, que entre para partirle su madre de una vez y luego me sueltas, estoy harto de esta pocilga. Te veo muy seguro. Se encogió de hombros. Pendejos como ese no son problema para mí, encuentro diariamente dos o tres y a todos les doy pa sus chicles. Dicho esto, el Gori se estiró. Estaba tranquilo, relajado y pidió que le abrieran la celda. Como en los viejos tiempos, propuso Mendieta, nadie debe pegar al caído, y el que quiera indicar que es suficiente levanta una mano. Me da igual, expresó Blake y escupió en dirección a la puerta por donde entraba su oponente. Se puso de pie.

Detective Mendieta, la voz llegó de la puerta de la sección de celdas. Era el comandante Omar Briseño, jefe máximo de la Policía Ministerial del Estado. La concurrencia se paralizó. El Zurdo se apresuró a su encuentro. Buenas tardes, comandante, ¿se le ofrece algo? ¿Qué circo es este? Ojos entrecerrados. Conversábamos sobre los regalos de Navidad, ¿ya vio el arbolito que pusimos? Ese que veo, ¿es el ingeniero Blake Hernández? El mismo, escuchábamos sus consejos, muy interesantes, por cierto, antes de llevarlo a la sala de interrogatorios; es sospechoso del asesinato del doctor Humberto Manzo Solís que investigamos desde hoy en la mañana. ¿Tiene coartada? Si tiene, no la quiere decir. Veo que solicitaste la intervención de Hortigosa. Es solo un trámite. No me digas; vas a hacer lo siguiente: llévenlo a la sala de interrogatorios, que les diga por las buenas lo que tenga que decir y me lo sueltan; hace una hora me llamó su hermano que es presidente de la Comisión Nacional de Derechos Humanos y no quiero broncas, ¿entendido? Está clarísimo. Pásame el informe del caso y quiero ver que lo saques. El Zurdo se volvió al grupo que esperaba expectante. Agente Toledo, lleve al señor Blake a la sala de interrogatorios. Gori bajó la cabeza y dejó el paso libre. Blake abandonó el lugar con la cabeza erguida y una sonrisa triunfal, de esas que producen urticaria.

Ingeniero Blake, ya vimos que naciste en pañales de seda y que tienes una derecha mortal; no tenemos inconveniente en que te vayas, solo dinos dónde estuviste la noche de ayer, expresó el Zurdo, que se veía sosegado, con esa aura de santa humanidad. ¿Eres idiota o qué, poli? Si hubiera matado a Manzo no me pones la mano encima en tu perra vida, pero no tenía por qué matarlo, el tipo mantenía a Lizzie, la tenía bien y no estorbaba en lo más mínimo; aquí los verdaderos asesinos son ustedes y ni quien les reclame, malditos torturadores. Bájale de huevos, señor Blake, no te hemos tratado mal para que te portes tan picudo. Me importa un bledo lo que pienses, suéltame antes de que se me pegue lo pendejo. No queremos invitarte a cenar, señor Blake, dinos tu coartada y ahí está la puerta. No diré media palabra sin mi abogado. Ya vimos lo que te quiere, ni te respondió el celular. Quiero largarme, no maté a ese infeliz y no tengo por qué estar aquí. Llamó mami, se quejó con el director. A mi madre no la metas, pendejo, ella no tiene vela en este entierro. Por lo que veo, el que tiene vela es su hijito bonito. Suéltame, este lugar me da claustrofobia. Ay, pobrecito nene; ¿sabes qué? Tan chillones ni me gustan: puedes largarte. ¿Puedo salir de la ciudad? Sí, pero con mami, no te vayas a perder. Blake sonrió irónico: Estaré en mi negocio: Refacciones Blake; si necesitan un entrenador para su perro, les cobro barato. Algo indolente el Zurdo lo contempló, pero a Gris se le agrió la cara. Lo pensaremos.

En cuanto abandonaron la habitación se escuchó el Séptimo de Caballería del celular de Edgar Mendieta. El Camello y Terminator vigilaban en el velorio de Manzo. Todo despejado, jefe, la misa será hasta mañana a las ocho y de allí al panteón Civil. ¿La viuda en su sitio? No se ha movido, muy propia ella. ¿Algún visitante sospechoso? Cero. Cualquier cosa nos avisan.

Jefe, hacía mucho que no lo veía tan contento, lo noto, no sé, como ilusionado. Es el arbolito de Navidad, verlo me da nostalgia y me trae buenos pensamientos, Gris sonrió. Por un momento también lo vi un poco ansioso, algo raro en usted. Imaginaciones tuyas, agente Toledo, mejor llama a la secre de Manzo y que te diga los nombres de los pacientes que atendió ayer. Ya la tengo, jefe, incluso ya los interrogué. La señora Eddy Quiñónez, que fue la primera, dice que el doctor estaba algo distraído, que nunca había sangrado tanto. La asistente no lo mencionó, habla con ella de nuevo, quizá se nos escapó algún detalle. Paty González dijo que estuvo como siempre, atento, trabajador y muy guapo. Todo parece normal. Tal vez fue un narco, o un sicario; no solo por el calibre del cascajo y los granos de coca, sino porque solo una persona deshumanizada, a ese grado, le quitaría la vida a un médico que no se metía con nadie. Montaño mencionó que era un hombre de prestigio, ¿cómo viste a Blake? Creí que no me iba a preguntar.

Siete

El exmilitar se hospedó en Los Sábalos. Al atardecer se apoltronó en el bar junto a la alberca, pidió cerveza y no tardó en identificar al Rorro Gómez: uno ochenta de estatura, cuarenta años, abdomen ligeramente abultado, grueso bigote, un collar y una esclava de oro con diamantes incrustados, vestía pantalón azul cielo, camisa blanca, botas azules y se hallaba acompañado de tres jóvenes beldades, una de cabello largo, otra mediano y la tercera corto. Un guardaespaldas gordo de lentes oscuros lo cuidaba, aunque ponía más atención a un par de lanchas rápidas que hacían piruetas a cien metros de la playa. Se encontraban ante una mesa surtida de cocteles, bocadillos y una botella de Buchanan's medio vacía. Regocijo. Ugarte buscó el carácter del hombre en esos detalles: exigente y preciso, pero dispuesto a jugar y solazarse. Llamó a una agencia de modelos y pidió una sin pelo. No tenían. Le enviaron una de cabello corto de nombre Katy Blue que veinte minutos después de su arribo estaba pelada al ras. La chica era despierta y dos mil dólares la convencieron al instante de lo que tenía que hacer: caminar despacio a la vista del Rorro y caminó, divertirse con él y se divirtió, acompañarlo a la habitación a beber con las otras chicas y lo acompañó, desnudarse con él y por poco rompe el trato con Ugarte; no obstante, antes de que el hombre absorbiera coca por tercera vez, le suministró suficiente somnífero para mantenerlo en paz hasta el domingo a mediodía, dado que en su llamada el secretario le había informado que la reunión sería el sábado a las seis de la tarde en el hotel Estrella Reluciente.

¿Quieres que me quede contigo? Katy Blue lo encontró sudoroso, en el mismo sitio, cuando el trabajo estuvo terminado. No es necesario, pero mantente a la mano por si surgiera algo cuando mi amigo despierte y quiera celebrar de nuevo su cumpleaños. Me encantará, pero si es contigo, me gustan los hombres delgados. De acuerdo, sin embargo, tendrás que traer tres amigas para él, ya ves que le gustan las triadas. Las que quieras, ¿te sientes bien? Estás húmedo, pero tu piel se ve demasiado reseca. Debe ser la magia mazatleca. Katy bebió de la botella de cerveza: Está caliente y no la has probado, ¿no eres cervecero? Prefiero otra marca, pero no tienen. Bueno, espero tu llamada. Era realmente hermosa.

Ugarte no quiso recordar desde cuándo no tenía una erección verdadera.

En ese momento sonó uno de sus celulares. Distinguió el número del secretario, pero no contestó.

Ocho

La Tenia Solium arrojó sin miramientos a un hombre desmadejado fuera de su troca doble cabina, lo lanzó entre los surcos y le descargó su pistola. Estaba muerto, pero su condena aún no la pagaba. Pinches médicos, valen puritita verga, lo quieren atender a uno cuando se les hinchan los huevos, conmigo van a chingar a su madre. Los jóvenes sicarios que lo rodeaban afirmaron. Su hijo, un gordito de dieciséis años aficionado a dejar mensajes en cartulinas, comentó: Se lo merecía, apá, qué bueno que no le tuviste lástima, ¿me dejas meterle un tiro? Los que quieras, mijo, pa que vayas entrenando la puntería; tírale a la cabeza o al pecho, no a la panza como al otro. El joven disparó varias veces sobre el cadáver del dentista. Pa que aprendas a respetar, cabrón, a respetar a mi apá. Los otros lo observaban mordaces, pero sin que se les notara. Un hombre maduro, apodado «el Tío Beto» le puso la mano en el hombro: Está bien, Valentillo, guarda algunos tiros para al rato que podríamos tener fiesta en grande. El joven sonrió. Dejaron el cuerpo junto al maizal con un cartel encima: *respeten culevras*, y alcanzaron a la Tenia en la camioneta donde escupía espeso por la infección en su boca. Qué mala pata, no haber un cabrón que me saque esta madre. Jefe, se acercó un sicario. Los Chúntaros están en Bacurimí comiendo barbacoa. ¿Cuántos son? Siete visibles. Órale, vamos por ellos. A esos muertos, ¿les pongo también cartulina, apá? A esos no, mijo, igual no sirve de nada. Ya le puse al doctor, pero tengo cuatro hechas. Si se te antoja ponle a cualquiera; Tío Beto, ya sé que fracasaste ayer, pero si no me sacas esta madre te voy a meter un tiro en la barriga. No me haga eso, jefe, mejor vemos si hay algún dentista en Bacurimí, lo secuestramos y no lo soltamos hasta que le saque su muela. Y ya pa qué lo soltamos, mejor lo matamos. Dirá bien.

Cuando llegaron, los contrarios salían del restaurante sin armas largas a la vista. Sobre ellos, ordenó la Tenia disparando primero. Rrrat. Ay. Cúbranse. Corran. Al piso. Puta madre. Aquí está su padre, pinches Chúntaros. Los otros respondieron con pistolas, dos cayeron y los demás abrieron las portezuelas de sus camionetas y sacaron sus Kalashnikov. Jalaron gatillos. Gritos. Sígueme. Aguas. Por ahí. Tres hombres de la Tenia rodaron por el asfalto. La gente corría. Los del restaurante se refugiaron en la cocina rezando; en los negocios cercanos todos se lanzaron al piso. Los vecinos bajo las camas. Alejados unos quinientos metros dos policías en una patrulla escuchaban la tracatera sin preocuparse, fumaban plácidamente. ¿Es atrás o adelante, pareja? Sabe. Cabrones, qué manera de gastar balas.

La Tenia con la cabeza atada con un pañuelo blanco y su hijo disparaban con cuernos parapetados tras la doble cabina. El chico era temerario y a su padre le agradaba. Nada de andar practicando deportes o esas pendejadas, mijo, para ser un cabrón de huevos hay que saber rezar y matar, en las buenas, en las malas y en las peores, como su padre. Sí, apá. Cristales rotos, chasises agujerados, tanques goteando, cuerpos en la carretera y silencio. El jefe de los Chúntaros, un hombre de sombrero negro, se hallaba rabioso: Vas a pagar con sangre, malparido. De los carros de la Tenia uno quedó inservible, así que subieron a sus dos muertos y a sus tres heridos en una camioneta que presentaba unos cuantos orificios en una puerta, sin consecuencias, y desaparecieron por donde habían llegado, entre el tráfico interrumpido. Los Chúntaros hicieron lo mismo.

Poco a poco, vecinos aterrorizados asomaron la cabeza, llamaron a la policía que vigilaba otro país, y se prepararon para decir que ellos no habían visto nada.

Hay tardes que de plano uno desea que la tierra fuera plana, a poco no.

Nueve

Se escuchaba cercana la frase: *You're mine, and we belong together*, cantada por Ritchie Valens. El Zurdo tocó la reja de la casa de Susana Luján. Un niño preguntó: ¿Qué desea? Busco a Susana, la mamá de Jason, se hallaba nervioso, apretó sus manos ásperas, transpiraba. Antes había pasado por su casa: baño a fondo, ropa limpia, igual negra, grasa a las botas Toscana que son rudas, feas, indeseables, y un Dolce & Gabbana Light Blue lo convirtieron en un chico presentable: Vamos, Zurdo, apenas vas a cumplir cuarenta y cuatro, cabrón, eres un morro acá, y te ves bien; no eres feo, no eres bonito, sino todo lo contrario; cuando Jason fue a recoger el Jetta a la jefatura le aconsejó que no se afeitara: Te verás moderno y muy seguro de ti mismo. Gris y Angelita quedaron con el ojo cuadrado al ver llegar al chico y cuando se fue: Pero si es igualito a usted, jefe, qué bárbaro, qué guardadito lo tenía, ¿eh? Aquí se pueden hacer dos cosas, Mendieta optó por la primera: sonreír como un idiota, la otra es mandarlas por las cocas, y llamó a Robles. Lleva a lavar la patrulla gris, la que no tiene calcas ni luces. La solicitó Solián de Narcóticos para un seguimiento. ¿Te digo lo que le tienes que decir o lo sabes? Lo sé, jefe, en un momento se la traigo. Checa que quede rechinando de limpia, no vaya a encontrarme con un cuero cabelludo en la guantera. ¿Va a salir con? Hey, hey, tranquilas, no se metan donde no las llaman; agente Toledo, quiero que analice las declaraciones de Constantino Blake Hernández, el amante-novio de Lizzie Tamayo, tal y como me has dicho; Daniel Peraza, el solamente amante, tiene una coartada sólida, anoche estuvo en el DF, llegó hoy en el vuelo de las ocho de la mañana. Aún traía los talones de los boletos y la factura del hotel. No así Blake, que no quiso soltar prenda. Los pacientes de Manzo parecen gente normal. Nada, Gris, cuando hay tanta violencia como ahora no hay gente normal, siempre aflora lo peor de cada uno. Es muy guapo su hijo, jefe, es asombroso el parecido. No es mi hijo, somos gemelos, lo que pasa es que es astronauta y acaba de regresar de una misión espacial de veinticinco años, sonrieron. ¿Tiene abuela, jefe? No, Angelita, ¿por qué? Porque sería la única que le podría creer esos disparates. Sonrieron.

Dice mi tía que si gusta pasar, manifestó el niño desde la puerta de la casa. Habían pasado dos minutos. Aquí espero. El detective, ¿qué pretende, que me infarte por los nervios? Se recargó en el carro y sacó un cigarrillo. ¿Se estará tardando como estrategia? Fuego, aroma. ¿Los que prohibieron fumar pensarían en esta situación? Deben haber sido personas muy seguras de sí mismas, expulsó una nube de su boca, ¿cómo vivirían esta circunstancia? A lo mejor es gente sola, o que se casó joven, o que solo piensa en el cáncer y le importa un carajo momentos como este en que no sabes si la muerte de Supermán te ha afectado o es la ausencia del Llanero Solitario. Estoy feliz, expresó el cuerpo. Al fin habrá una mano santa que me salve de este cruel ostracismo. No molestes, no es momento de pensar en eso. No te he dicho, pero aún recuerdo la noche en que sus nalgas redondas me hicieron comprender el significado de *sexy*. Cállate el hocico, pinche cuerpo garraleto, vales madre. Necio, idiota. En la esquina viró una camioneta negra con cristales oscuros. Alerta, sin volverse el detective vigiló su lenta trayectoria. Pinches narcos, ¿qué les ha hecho la gente para que se porten así?, ¿en qué afecta su negocio? Está bien que entre ellos se cobren sus cuentas, pero los demás, ¿qué culpa tenemos de sus broncas? Fumó fuerte para que se notara que no les temía. Ay, sí, muy heroico has de ser. El vehículo siguió de largo, un poco más rápido después de pasar al lado del Zurdo que recordó una escena de *The Warriors*, donde un pandillero acosador no deja de chocar estridentemente dos botellas que cuelgan de los dedos de una de sus manos, mientras circula con lentitud en su auto.

En cuanto vio a Susana en la puerta apagó el segundo cigarrillo con el pie. Edgar Mendieta, detective de la PME, respetado por colegas, amigos y enemigos, trastabillaba por el desierto de sus recuerdos: boca seca, mente embotada, espejo a través de Alicia: La primera vez que la vi había cuatro lunas, rumió. Una para cada capital del mundo. El pene se está alocando, susurró el cuerpo sin que Mendieta lo escuchara. ¿Qué le digo?

Susana Luján, cuarenta y cuatro años, 89-61-91, un hijo de dieciocho, «parecía más mujer y más joven a la vez», diría Almudena; y Quevedo ebrio, brindaría y musitaría: «y eres así a la espada parecida / que matas más desnuda que vestida», dejando quietos a sus contertulios; y bueno, llegó primero el Chanel número cinco que ella con su sonrisa franca y segura, y una falda negra encima de la rodilla. Edgar, qué gusto verte, estás igualito, el Zurdo se apresuró a abrir la reja que no tenía pasador. Hola, ¿cómo estás? Y a darle la mano, pero ella lo abrazó fuerte y le mostró que el gusto era real y le hizo sentir sus tetas para que aprendiera a tomar tequila con limón y un poco de ron. Debía medir menos de uno sesenta y se acomodó brevemente en el pecho del hombre que la abrazó con delicadeza: Dios mío, ayúdame mientras llego a donde hay gente, ayúdame a ser yo y que no me equivoque al acometer el siguiente paso. No exageres, pinche Zurdo, apriétala para que sienta el rigor; vamos, pene, sirve de algo: hazte notar. Malverde querido, Virgen de Guadalupe, san Judas Tadeo, no me desamparen. Uta, qué chingón, continuó el cuerpo apenas audible. Está durita, y déjate de pendejadas, Mendieta, que me estoy exaltando machín.

No ganas al intentar, el olvidarme. Atentamente Roberto Carlos.

De veras te ves muy bien, Edgar, ya me contó Jason que tienes quien te cuide. ¿Te dijo que Ger nos obligó a desayunar? Sí, y le gustó el trato, lo hizo sentir en familia. Esa mujer es única, abrió la puerta del Toyota, Susana se sentó y ahí estaban sus muslos blancos, presagiantes, insolentes. ¿En qué año fue? Esa noche ella manejaba, Madonna, *Material Girl*, en el estéreo. Conversábamos de todo con alegría, ella esperaba cosas de la vida, tenía ganas de vivir, de ser diferente, yo empezaba a no entender mi suerte, a no comprender cómo una ciudad y una época te pueden tragar y los demás como si nada. Todos somos fantasmas de una calle y es más difícil entrar en la Historia que en las Matemáticas, había expresado ella con voz dulce aquella vez. Un día quiero ser chef, otro, modelo y al siguiente aeromoza, ¿y tú? Carpintero para tener un hijo Dios. Pero es hijo del Espíritu Santo, ¿no? ¿Eso crees? Claro, mira cómo llevo el volante, quitó sus manos y el carro siguió por su carril. Hey, nos vamos a estrellar. Íbamos por el bulevar Pedro Infante a ochenta kilómetros por hora. Ni lo pienses, mira mis piernas. Sus muslos, sostenía el volante con sus muslos, la minifalda arriba. Mierda, ¿por qué era así?, ¿era necesario ese atropello?, ¿ese asalto a la razón?

¿Qué se te antoja? Todo, menos tacos, desde un asado a la plaza en el mercadito hasta un pescado a las brasas; debes tener un lugar favorito, llévame ahí. Tengo dos, el Miró, donde puedo desayunar, tomar café y si está Bety, la dueña, me atienden mejor que si fuera el gobernador, o El Quijote, donde hay tortas de pierna y cerveza suficiente para embriagar a Culiacán entero. Algo más tranquilo. Fueron al Cayenna, un sitio de comida fusión que el detective no conocía. Casi lleno. Velitas rojas en las mesas. Luces navideñas. Se sentaron mirando al río. El Zurdo, atento, recordó sus gustos:

Mesero: ¿Algo para beber?

Mendieta: (*En su mente*) Una michelada con mucho hielo y un filete de res.

Susana: Una michelada con mucho hielo y un tequila.

El detective sonrió, pidió un Glenlivet solo.

¿Entradas? Tacos de pato y camarones en salsa de chile poblano.

Es lindo este sitio; oye, cómo se ha modernizado la ciudad, a pesar de lo que se dice de la violencia la veo llena de vida. Bueno, ahora hay más funerarias y las familias decentes compran más detergente. No seas sarcástico, ¿sabes? No te recuerdo así, eras un chico que leía libros y no se metía en política. Susana también tenía sus recuerdos: «¿Qué libros te gustan más, Edgar? Todos, menos los de amor. ¿Cómo que no lees libros de amor, por qué? No sé, quizá porque no me interesa el tema. Ay, pero son lindos. ¿Tú los lees? No, yo no leo nada, digo que son lindos porque el amor es lindo, a poco no. Tan lindo que no falta quien se suicide por su causa. Ay, pero no son tantos, ¿qué lees ahora? *Conversación en La Catedral*, de Mario Vargas Llosa. Un libro religioso, apenas lo puedo creer, y crees que el amor es pecaminoso. No es de religión, es una novela. ¿Y está buena? No sé, digamos que no termino de entenderla. ¿Por qué la escogiste? Leo lo que me cae, mis amigos y yo preferimos cualquier tema menos el de amor. Nunca entenderé eso». Bueno, Edgar, salud por este momento después de tantos años. Salud por el gusto de verte, el Zurdo acabó de un trago su *whisky* que el mesero repuso de inmediato. Sentía que vivía un momento extraño y no deseaba cometer un traspié. Hey, compórtate papá, tranquilo, no te precipites. Veía a Susana hermosa, ojos almendrados, rostro fino, su sonrisa, su coquetería, sus tetas pequeñas. Qué tranquilo ni qué la chingada, Zurdo, métele mano, ya te dije: que sienta el rigor. Se notaba contenta, relajada, pero Jason exigía cosas y de eso quería hablar.

Ordenaron: ella cabrería a la inglesa y él atún sellado.

Adele: *One and Only* en el sonido.

Cuando tenía doce me preguntó por primera vez quién era su padre. Después te digo. Y aunque me lo recordaba con frecuencia nunca se puso difícil, total le decía que había muerto y ya; hasta que nos encontramos a Enrique que se quedó con el ojo cuadrado. Susana, a poco mi hermano y tú. Pues sí, qué quieres que te diga, fue un accidente, incluso me di cuenta cuando ya vivía acá y no fue posible resolverlo de otra manera; no estás para saberlo, pero mi menstruación es irregular, a veces duro meses sin que me llegue. ¿Lo sabe Edgar? Ni Edgar ni Jason. ¿No crees que deberías poner orden allí? No me jodas, Enrique, hace siglos que no veo a Edgar, imagínate que le llegue con esto. Pues tienes que hacerlo, son idénticos, ese cabrón volvió a nacer. ¿Me ayudarías? Por mi sobrino lo que sea. ¿Te digo algo, Enrique? Es ciudadano americano de nacimiento y se apellida Mendieta Luján. Qué bárbara, Susana, ¿cómo le hiciste? Una prima se encargó. En cuanto Jason supo quiso conocerte, hablar contigo, preguntarte; se desconcertaba porque no tomabas sus llamadas, afortunadamente Ger le explicó muy bien tu vida; ella es del barrio, ¿verdad? Siempre ha vivido por la Bravo, a veinte minutos de mi casa.

Se veía bien Susana en la luz tenue del restaurante, música suave, sus ojos expresivos, el matiz de su voz, sus labios de griega. Órale, mi Zurdo, tendido como bandido, que no se nos vaya viva. Que hablara tanto de Jason la instaló en señora y Mendieta lo percibió; la escuchó atento mientras no pensaba; solo una vez recordó al doctor Manzo que no merecía morir y a su hermosa viuda, ¿lo mataría un narco? Había granos de coca y el calibre era típico de ellos. Y ahora salió con que quiere ser policía, ¿qué opinas? Que es una burrada, creí que era campeón de la milla. Lo es, pero no le interesa, vieras cómo le ruegan para que entrene y él como si la Virgen le hablara; antes de venirse habló con su entrenador y le confió que ya no competiría más, que ingresaría a la academia de policía, que tendría la misma profesión de su padre. ¿Padre? El entrenador se friqueó. ¿Quién es tu padre, Jason? Edgar «el Zurdo» Mendieta, el mejor policía mexicano contemporáneo. El hombre quedó con la boca abierta. El detective no pudo evitar una sonrisa de satisfacción, luego masticó despacio, y de nuevo disfrutó el entusiasmo de su acompañante.

Nunca pensé que te contaría todo esto la primera vez que te viera, ah, y también le gusta leer, y hay una gran diferencia contigo: él sí lee novelas de amor. ¿En serio? Hace poco leyó *El amor en los tiempos del cólera* y vimos la película; a él no le gustó, pero a mí me encantó, y tiene el pelo como tú, medio le crece y le queda como asterisco. Bebieron Rivero González con la comida y después continuaron, ella con sambuca y él con *whisky*, esa brujería escocesa que lo hacía dormir lo justo. ¿Recuerdas cuándo pasó? No lo recordaba. Mejor dime qué puedo hacer. Creí que ibas a querer una prueba de ADN. Eso después, porque sospecho que le has puesto una máscara para que vaya a visitarme. Susana colocó su mano sobre la de él. Cálidas. Quiero que vaya a la universidad; si aceptara competir sería gratis, pero como no le interesa tenemos que pagar y no es poco; tal vez podamos conseguir media beca. El Zurdo iba a preguntar ¿de cuánto estamos hablando?, pero dejó que ella se explayara. Lo que sí, las manos se enfriaron y Susana retiró la suya; el cuerpo, que había experimentado el tenaz apremio del rey de la entrepierna, no sin reclamo volvió a la normalidad. Si me ayudas a persuadirlo de que vuelva al atletismo, quizá no tengas que desembolsar tu parte y podrás tener un campeón en la familia. ¿Y lo de ser poli? Pues hay que convencerlo de que siga la otra opción. ¿Qué opción? Negocios, me gustaría verlo dirigiendo una gran empresa, en Estados Unidos los chicos que estudian eso se enriquecen en poco tiempo. ¿Y a él le gusta? Mejor que él te lo explique. Seguro no le gusta, reflexionó. Esa pinche maldición de los Mendieta siempre dedicados a algo en lo que no creemos y resignados a vivir en la inopia; quizás Enrique tuvo una opción, pero no la aprovechó, ahora está gordo y traga cerveza con tocino. Pinche cerdo. ¿Por qué no terminé mi carrera? Ahorita estaría valiendo madre en otra parte.

Les sirvieron la del estribo. El Zurdo sabía que ella había terminado lo de Jason, ¿y ahora, qué seguía? La llevaba a su casa o. Mejor O. Pero ¿qué debía hacer para que O ocurriera?, ¿realmente quería subirle la falda, bajarle los calzoncitos y ñaca, a como te tiente? Su cuerpo vociferaba: Por favor, Zurdo, no la dejes ir, se ve que la morra está prendida. Ya, no me jodas, apenas la acabo de encontrar y ya quieres que la arrincone, está bien que hace mucho que no te la acarician pero tranquilo, debes ser paciente; ella era un volcán y jamás se detenía, mas como puedes ver, los años no pasan en balde, así que sosiégate y compórtate como un cuerpo civilizado. No mames, pinche Zurdo, agárrale una teta y ve cómo reacciona. Estás pendejo.

Ella tomó la iniciativa: Demos una vuelta, hace mucho que no veo Culiacán de noche.

En el Toyota, el Zurdo puso Air Supply, *I'm All Out of Love*, un grupo fresa que supuso le gustaría a ella y acertó. Ay, Edgar, qué linda música. El Zurdo tocó su mano que ahora ardía. No se habían movido del estacionamiento subterráneo cuando Susana se le fue encima y lo besó con frenesí. Así era, según recordó el detective que igual movió las manos por ese fuego que no quemaba pero tremendamente lo abrasaba. El Toyota se apagó. Era un auto blindado, de cristales oscuros, equipado para vigilancia estrecha y lo que pudiera pasar.

How wonderful life is, while you're in the world. Atentamente, nosotros. (Sorry, Elton.)

Diez

Desde su suite en el Estrella Reluciente, un edificio de cuatro pisos de mediados del siglo xx, Ugarte observó el atardecer, el extenso campo de golf, el mar y le afligió su próximo fin. Caviló que no era aún tiempo de dejar este mundo, pero que no tenía remedio, ¿para qué celebrar los sesenta? Estrada podía hacerlo, pero él no, llevaba dos años soportando dolores y estaba al límite. No quiso evitar que sus ojos se llenaran de lágrimas y escurrieran. Ah, la vida, tanto exponerla y ahora me resisto. Se hallaba en un lugar hermoso, rodeado de jardines, árboles, palmeras y rosas. Reparó en los turistas que salían a caminar o a inspeccionar el campo de golf y se hizo preguntas: ¿Por qué temo a algo tan natural?, ¿acaso me faltó mucho por hacer en la vida? Quizá siempre fui un cobarde, un temerario sin conciencia, un lugarteniente sin escrúpulos, un perro. Un hombre de traje oscuro cruzó el jardín y le recordó a los guardaespaldas del secretario. Divisó niños corretear, jóvenes beber despreocupados y chicas con camisetas mojadas; las mujeres maduras buscaban la sombra de los árboles cercanos como parte del cuidado de su piel; reconoció a Samantha Valdés, la poderosa jefa del Cártel del Pacífico, y a Mariana Kelly, su pareja, avanzando hacia la playa. Son realmente inseparables, reparó en los guaruras. ¿Y María, estará en Cuernavaca? Discretamente, Max Garcés y su gente cubrían el terreno al cuidado de las señoras. Era buen tipo su padre, valiente y reservado, pero le encantaban las pastas y no siempre rendía lo necesario. En cambio, el de ella era un monstruo, aunque quizá no había otra manera de erigir el imperio que formó, meditó admirando a Samantha Valdés, que lucía un vestido rojo de playa, en contraste con el blanco puro de Mariana, que la percibió frágil, angélica, casi alada. Asistirá a la reunión, señaló Alvarado con gravedad. Su padre nunca lo hubiera hecho, se manejaba con lugartenientes, pero ella es otra cosa, es muy entrona y en estas condiciones necesita estar segura de que tiene el control; los Mañosos también evolucionan, Ugarte. ¿A ese grado? Aún no sabemos a dónde quiere llegar, por eso el presidente necesita información fresca y segura, sabemos que invitó a todos los grupos nacionales, sin embargo, aparentemente nadie irá, solo los del Pacífico que no son poca cosa: habrá unos quince de seguro, hizo una pausa y añadió: Lo que parecía un juego mediático se enmarañó; la guerra como política es un galimatías jabonoso, nadie sabe por dónde hay que ir y menos Samantha, quien quizás aún no se percata de su crecimiento. ¿Alguna novedad en relación con el secretario? Ugarte recordó la llamada y preguntó. Creemos que algo trae entre manos, pero todo está muy turbio, aún no descubrimos de qué se trata, se lo impusieron al presidente y no sabe qué hacer, mantente alerta, podrías descubrir un indicio. ¿Qué me dice de los norteamericanos? Celebrarán, sobre todo porque nosotros pondremos los muertos. Luego recordó los planes A, B y C, sobre todo el C que era la opción de escape en caso de emergencia. Cinco cuarenta y cinco. Observó que las mujeres se alejaban rumbo a la playa y la reunión era a las seis. No acudirá, concluyó. ¿Quién la sustituirá? Completó su disfraz: bigote, maquillaje, peluca, camisa blanca de broches y una chamarra negra de piel; no tenía por qué parecerse al Rorro Gómez. Tomó su pequeña Smith & Wesson Classic con delicadeza, revisó que tuviera los cinco tiros y la guardó en el bolsillo derecho de la chamarra. Se encomendó a Dios y salió con cierta rigidez marcial. Un árbol navideño en el rellano tapizado de luces y listones rojos y plateados le dio la bienvenida. Bajó por el elevador. En la puerta del salón elegido había dos guardias sin armas a la vista.

¿Llegó la señora? Por indicaciones de ella la reunión se pasa a las ocho. Ah, gracias, ¿todo normal? Sí, señor. Bueno, nos vemos al rato, y enfiló rumbo a su habitación en el tercer piso, al lado del elevador. Los hombres siguieron conversando en voz baja.

En la playa, Samantha y Mariana se quitaron los tacones para caminar libremente. El sol en el resplandor final y un ligero viento frío las animaba. Varios turistas hacían lo mismo. Unos gringos jóvenes fumaban mariguana y leían a Allen Ginsberg: «I saw the best minds of my generation destroyed by madness, starving hysterical naked », sentados en la arena con vasos de tequila con coca. Esa hora treinta y tres en que todo es un espejo. ¿Irás a la reunión? Estoy por mandar a Max; esos tipos, cuando no me agotan me ciscan, además solo enviaron lugartenientes y necesito hablar con mi hijo. Creo que debes asistir a reuniones hasta que todos tengan claro que eres la jefa y sepan que jamás serás débil; antes de ir, platicas con César. Eres buena consejera, Mariana, quién lo diría. Sé que te gusta el poder, que te hace sentir única, especial y más feliz, pues quiero que lo tengas y lo disfrutes; llegará el tiempo que, como tu papá, puedas enviar a un lugarteniente. ¿Qué tal si te mando a ti? Ay, no, prefiero estar a tu lado; por cierto, hoy se casa el Diablo Urquídez y le fue enviado su regalo, como lo pediste: las llaves de una casa en La Primavera; le van a ser entregadas cuando salgan de La Lomita donde será la boda en media hora más o menos. Es un buen chico ese Diablo. Y muy católico.

Metros atrás, Max Garcés vigilaba y llevaba los zapatos de ellas en una mano. Sin dejar de cubrir terreno con la vista, disfrutaba del clima. Había nacido en la sierra y el mar siempre era un hallazgo. Sus hombres se movían estratégicamente, unos caminando entre el agua, otros sobre la playa y siete sobre el campo de golf. Cuidar a Samantha Valdés era su vida, y todos estaban dispuestos a darla por ella.

A las seis cuarenta y cuatro, antes de la invasión de la oscuridad, iniciaron el retorno. Samantha y Mariana abrazadas avanzaban al mismo ritmo. Planeaban su vida, el siguiente año, unas vacaciones. La jefa era fría, le agradaba vivir cada día como si fuera el último. En cambio, Mariana gozaba proyectando el futuro. Uno de sus sueños era crear un centro de rehabilitación para niños con cáncer y Samantha le dijo que sí, de regreso a Culiacán buscarían un terreno para edificarlo y en un año lo tendrían funcionando. Haremos que Leo McGiver consiga el equipamiento en Estados Unidos. Maravillosa decisión, por otra parte, creo que es hora de que llames al niño y luego a lo tuyo. Piensas en todo. ¿Acaso no soy la consejera? ¿Me acompañarás? No, seguiré con sor Juana y voy a marcar a casa de tu madre para saber cómo está Luigi, pobrecito, quedó tan triste y desganado. Ese perro es como tu hijo.

Entraron al hotel iluminado a la manera navideña. Tenía menos de una hora para acicalarse.

Una ventana se relajó al verlas llegar. Los asistentes a la junta esperaban reunidos en la habitación de la Hiena Wong: tranquilos, seguros, divertidos: sabían que sería una reunión rápida y después, a otra cosa mariposa que el horno no está para bollos.

Ugarte desde su habitación las avistó bastante mareado, luego cerró los ojos.

Once

Desayunaban huevos a la Leonor en el Miró cuando sonó el celular de Mendieta: era Ger. ¿Qué pasó, Zurdo, se cayó de la cama? El trabajo, Ger, ya ves cómo nos esforzamos para que la sociedad viva segura. No me diga, a otro perro con ese hueso, ¿ya vio el periódico? Dieciocho muertos en todo el estado, más que en donde están los talibanes; ¿va a venir a desayunar? Esta vez no. ¿Va a dejar solo al joven Jason? Desayuna tú con él, estamos en un operativo. Mejor se lo paso. Hola. ¿Cómo amaneciste? Bien, los desvelados son ustedes, llegué primero que mamá. Teníamos mucho que platicar. Me imagino, te traje el carro. ¿Lo ocupas hoy? Si me lo prestas sí. Cuenta con él, dime el número de tu mamá. La dejé dormida. Le marco en un par de horas. Recuerda que me debes mi regalo. Suelta, ¿qué te gustaría? Luego te digo, no por teléfono. Está bien, al rato iré a casa, por si aún andas por ahí. Ya vi tu librero, ¿me prestas *Bajo el volcán*? Es tuyo. Okey, después te veo, ahora iremos a comer a Altata. ¿Con amigas? Dos y dos. Vayan con cuidado, hay muchos malillas merodeando por ahí.

Gris sonrió. Jefe, qué gran policía es usted, jamás deja entrever su vida privada. Agente Toledo, si lo ves bien, no tenemos vida privada, ni tú, ni yo, ni nadie. Si no tiene actualmente, debe haberla tenido, cuando menos ese chico lo indica, ¿cómo se llama? Jason. ¿Me va a negar que es su hijo? Mendieta bebió café, le hizo una seña a Bety para que le sirviera otra taza.

No lo voy a negar, como no lo puedo aceptar, ¿me creerás que apenas lo conocí, y que hace poco supe de su existencia? ¿Tiene mamá? Claro, anoche nos pusimos de acuerdo, la voy a apoyar económicamente para que Jason vaya a la universidad. Qué bien. Gris quiso otro jugo de naranja que Rudy le trajo de inmediato. En el sonido *Winter Wonderland* con Dolly Parton. Anoche hablé con el Rodo, antes de fijar la fecha de la boda quiero que revise bien si no tiene algún hijo por ahí, no quiero que estemos muy a gusto y aparezca un muchacho pidiéndole el carro prestado. No exageres, agente Toledo, no creo que le pase a muchos. Prefiero que lo haga, ya ve usted, lo teníamos casi por un santo y mire, tiene un chico al que no conocía, ¿la mamá es casada? El Zurdo cayó en cuenta de que no le había preguntado, que salvo de Jason no habían tratado otro punto, y todavía pidió su número para invitarla a la boda del Diablo Urquídez. No sé. Esta mañana lo vi tan contento que pensé que había tenido algo con alguien. Bueno, ¿por qué todo mundo relaciona las buenas mañanas con dormir acompañado? Uno puede amanecer contento por muchas cosas. Cierto, pero nada se compara a una buena noche con alguien, no diga que no, incluso se nota en el semblante. Séptimo de caballería: Mendieta.

¿Edgar? ¿Qué, hay otro? Bueno, Jason y Enrique, no eres el único. ¿Cómo amaneciste? Con un poco de jaqueca pero bien, fue una noche fenomenal. Se te pasó el sambuca. Gris Toledo masticaba despacio, divertida con el gesto amoroso del Zurdo, que tenía esa cara que hace que el mundo se renueve cada cuatro segundos. Me comentó Jason que querías hablar conmigo. Ah, sí, esta noche se casa Benito con un borreguito. Cuenta conmigo, ¿es muy formal? Supongo que no. ¿Iremos a misa o solo a la fiesta? Solo a la fiesta, paso por ti a las nueve y media, ¿te parece? Perfecto, cuídate. Clic. El Zurdo miró a su compañera que continuaba sonriente. No le preguntó si era casada, eh. A la noche lo hago. ¿Ya ve por qué le pedí al Rodo que revise sus cosas? Que no me vaya a salir con su domingo siete porque le doy bartola una semana al desgraciado. Ahora la sonrisa provenía del Zurdo, que además movía la cabeza con desaprobación. De nuevo el Séptimo de caballería. Era Ortega. Cabrón, ya supe lo de tu hijo, ¿por qué no me dijiste? Todavía no me llegaban los resultados de ADN. Estás pendejo, está cagado a ti, hasta me acordé de cuando nos conocimos; te felicito y disculpa por no ser de mucha ayuda con tus preguntas, y mucho me temo que no sé demasiado, hasta me dejaste pensando; es más, espero esta noche ir con el Memo y mi vieja a las hamburguesas. Ve a McDonald's para que te pensiones de una vez. Qué me va a hacer esa madre a mí, soy capaz de tragar fierro y como si nada; oye, terminamos el análisis del doctor Manzo: Jack por todas partes, pero los granos de coca son puros, lo que significa que fue alguien pesado, tal vez con guaruras, en el baño localizamos varias huellas de tenis, que es lo que usa la mayoría de los sicarios jóvenes, encontramos manchas de orines en el borde del retrete, enviamos muestras al laboratorio, pero es lo último que nos queda, utilizaron dos calibres: .45 y 5.4 x 28, algo que ya te había dicho, localizamos unos perfiles de letras sobre el escritorio de la sala pero nada claro, como que escribieron con marcador en un papel y se pasó. Otro cabrón que se suicida. Oye, si quieres llevar a tu hijo vamos a estar en el Tatankas a las ocho. Paso, el morro se va a Altata con una morrita. Buena señal, no salió joto como tú, por cierto, dale para los condones, no le vaya a pasar lo que a un pendejo que conozco. Tu madre, güey.

El Camello, un policía gordo y de baja estatura, algo jorobado, condujo a Lizzie Tamayo a la sala de interrogatorios. Se le notaba la erección. La viuda, de minifalda negra y blusa blanca escotada, caminaba *sexy*, luego se instaló en una silla exacerbando sus encantos. Pobre del pobre que al cielo no va, lo chingan aquí y lo chingan allá, discurrió el placa antes de llamar a los detectives.

¿Cuántos años tenían de casados? Desde el noventa y seis, son como, ¿doce? Lizzie, qué bárbara, qué bien te conservas, ¿cómo le haces, controlas tu peso? Todos los días; dicen que la clave para ser feliz es una buena vida, pero no es cierto, la clave es verse bien; mantener la figura es un sacrificio y cuesta, pero vale la pena: no puede usted comer de todo, ni desvelarse, ni tener excesos, cuidarse del sol y bueno, hay que saber qué cremas son las que convienen en el día y cuáles por la noche, qué perfume, qué ropa, qué accesorios; desconfíe de los bloqueadores que anuncian: no sirven; usted no está nada mal, eh. No me digas eso, estoy bien cochi. No se crea, un poco de dieta, caminar una hora, abdominales, estiramiento y será usted una reina; de momento, le aconsejo que se aplique una buena crema de día, se haga un corte de pelo de actualidad, que se lo dejen largo, no olvide que estamos en diciembre. Te voy a hacer caso. Aproveche, es usted joven y solo se vive una vez, ah, y tome mucha agua, dos litros diarios cuando menos, embellecerse es hidratarse. Entró el Zurdo. Bueno, gracias, ahora vamos a conversar sobre nuestro asunto, ¿dónde estabas la noche que mataron a tu esposo? Lizzie se paralizó. En casa, preparé la cena y lo esperé. ¿Qué cocinaste? Sándwiches de jamón selva negra con Coca-Cola de dieta. Vaya que sabían comer, ¿qué hiciste cuando el doctor Manzo no llegó? Le marqué al celular, pero no contestó, como a las diez me comí mi sándwich y me acosté a ver la tele; me quedé dormida, cuando desperté estaba amanecido; siempre lo incitaba para que se fuera de parranda con sus amigos, pensé que al fin me había hecho caso. ¿Quiénes son sus amigos? Realmente no tiene, lo que quería es que se fuera por ahí, que conociera chicas y eso. No eres celosa. ¿Por qué habría de serlo? Solo se vive una vez. ¿A qué hora supiste la verdad? A las nueve, cuando me llamó Noemí. Mantienes relaciones con dos personas, ¿alguna vez lo amenazaron? Nunca. ¿Hablaron de la posibilidad de contratar a alguien que lo asesinara? Jamás. ¿Alguno de ellos te quería para él solo? No creo, la relación era muy clara: pasar buenos ratos y ya. ¿Antes anduviste con otra persona, alguien que le tuviera tanto encono al doctor como para eliminarlo? Por supuesto que no, al principio me vi con mi ginecólogo un par de meses, pero es un hombre apacible; de eso hace como diez años. ¿Te contó de algún paciente difícil? Del subsecretario de Economía, era un tipo que lo ponía nervioso y muy agarrado, siempre se resistía a pagarle; por cierto, tiene una esposa muy guapa que fue mi compañera en el Tec. ¿Llevabas una buena vida con él? Muy buena, mis amigas lo elogiaban siempre; ayer todas estuvieron conmigo para despedirlo. El Zurdo abandonó la habitación desalentado. Un minuto después las mujeres volvieron a sus dietas y demás maneras de mantenerse hermosas y atrayentes. Suba un poco la bastilla de sus vestidos y ajústelos, a todos los hombres les gusta ver nalgas y piernas.

Edgar Mendieta con su indumentaria de costumbre y Susana con un vestido azul, hicieron su aparición en el salón Texas, favorito de los narcos. Eran las diez y media de la noche y se palpaba un extraño sosiego. Las dos bandas contratadas para amenizar guardaban silencio y la gente murmuraba. Fueron directo a dejar un horno de microondas en una mesa puesta exprofeso y luego con el Chapo Abitia, padre de la novia, que de traje se veía más panzón e intrascendente que con su acostumbrada camiseta y *jeans*. Se hallaba con su familia.

Qué onda, mi Chapo, cómo anda la mecha. Bienvenido, mi Zurdo, saludó a Susana: Cómo le va. Siéntense con nosotros, ¿se echan un bucanitas? Buena idea, ¿y los novios? Se fueron hace veinte minutos. No me digas, se les estaban quemando las habas. El Chapo le hizo una seña para que bajara la cabeza. No es eso, mi Zurdo, le llamaron al Diablo para que se concentrara en casa de los Valdés, y pues, Begoña ya era su mujer: se la llevó. ¿Dijo algo?, ¿por qué o qué? No, pero debe ser un pedo gordo, se miraba bastante alterado; mira, con este desmadre ni se sabe, al rato los muertos van a ser más que los vivos. Pobre Diablo, no pudo tener una boda en paz. Con que no lo maten, me conformo. ¿Por qué no ha empezado el baile? Pues por eso, ¿traes ganas de tirar polilla? Haberlo dicho.

Siete minutos después más de cien parejas bailaban *El son de los aguacates*.

Afuera, el lento tránsito de un convoy militar ponía nerviosos a los guaruras que cuidaban la fiesta comandados por el Chóper Tarriba.

Doce

A las ocho veintidós entró Samantha Valdés al salón elegido: todos se pusieron de pie. Espacio cerrado, meticulosamente revisado para evitar aditamentos de grabación o transmisión. Se veía tranquila. Aparte de la mesa grande con nueve sillas acojinadas, había dos pequeñas con bebidas y bocadillos que cada quien podía tomar a su gusto, y un florero con rosas olorosas en cada una. Ugarte tenía ante sí medio vaso de agua con hielo y un poco de coca para que pareciera cuba, tomó una galleta con queso que nunca consumió y se sentó en el extremo más alejado de Samantha, que ocupó la cabecera. Menos invitados lo verían de frente. Se concentró; pálido pero animoso sentía algunas náuseas. Max Garcés vigilaba de pie.

Lo primero que diré es que debemos mantenernos unidos, expresó la jefa que aceptó un Buchanan's con hielo y agua mineral. Lo nuestro es un negocio, no una industria del crimen, si el presidente insiste todos los días en que es una guerra y ya varios mordieron el anzuelo, nosotros no lo haremos. Él es vulnerable, nosotros no. Estoy segura, y porque a dos ya les pasó, de que los demás deben haber recibido invitaciones para aliarse a otras organizaciones, no lo hagamos; los menores se están aniquilando, no son capaces de analizar la provocación en que han caído, allá ellos si se dejan engatusar; convoqué a los jefes de otros grupos y ya ven, a nadie le interesó, prefieren sacarse la asadura antes de intentar un acercamiento real; para nosotros lo primero es el negocio, nuestros clientes, nuestras rutas. Que los políticos declaren es inevitable, pero que no pase de ahí; en Estados Unidos no van a regular el consumo, aunque su presidente proclame que están en eso; al menos es lo que me dicen mis informantes, dos de ellos aquí presentes, y mientras eso no ocurra, tenemos asegurado nuestro mercado y el mercado manda. Los gringos hicieron gestos de aprobación.

Pero qué vamos a hacer, me han matado casi dos docenas de muchachos. Engancha otros, hay como quince millones de dónde escoger y exígeles que no anden de malillas, que no se metan en broncas, explícales lo que es nuestro negocio.

¿Qué hacemos con las rutas invadidas? Recuperarlas; ahí sí, si no se consiguen por las buenas entonces por las malas: el fin justifica los medios.

En mi ruta quieren más dinero. Diles que sí, que lo estamos negociando con los de arriba; es muy importante que nos vean unidos, separarnos nos debilitaría; ¿alguien ha tenido problemas para conseguir armas?

Para mí cada día es más fácil, las venden como si fuera fayuca.

Para mí también; todos los días me ofrecen y a buen precio.

¿Alguien tiene dudas sobre quiénes son nuestros principales enemigos?

Todos negaron.

En Juárez, ¿podremos compartir el territorio, Chávez?

Es la propuesta del jefe, estamos esperando una reunión con los batos.

¿Tijuana bien, se aplacó el político que quería más dinero?

Todo arreglado, señora, respondió Ugarte volviéndose a la mujer, que vestía traje sastre color pistache y aretes pequeños del mismo tono.

¿Y La Paz?

Nosotros no tenemos ningún problema, incluso estamos invirtiendo en varios rubros y hemos creado fuentes de trabajo.

Eso es importante, hay que ayudar a la gente, que tenga dónde trabajar sin que sea directamente en lo nuestro.

Los de la revista *Forbes* quieren hablar con usted, ¿qué les digo? Pretenden que aparezca en la lista de los más ricos, ¿cómo la ven?

Media hora y minutos después dio por terminada la reunión, se despidió de mano de todos y se retiró. Los representantes hicieron lo mismo. Veinte minutos más tarde nadie se encontraba en el hotel. Ugarte recordaría días después, en un instante crucial, la dureza de su mano y su intensa mirada: Saludos a su jefe, dígale que lo mande más seguido, preferimos lugartenientes guapos y más prudentes que el Rorro. Con gusto se lo diré, señora.

Samantha en su habitación le volvió a marcar a su hijo. Había charlado con él casi una hora antes de la reunión y no había conseguido apaciguarlo; tuvo que prometerle que iría a buscarlo al día siguiente a Pasadena, California, donde lo tenía resguardado y asistiendo a una escuela bilingüe. Claro, no debían pasar las fiestas de fin de año separados. César era exigente y ella poco podía alegar a su favor porque el niño tenía razón.

¿Papi, estás mejor? Mamá, quiero estar contigo, en serio, ya te dije, soy el único niño solo en el mundo. Claro, mi amor, mañana mismo salimos para allá, pero mientras no quiero que estés triste, la vida tiene muchas cosas, muchos momentos para permanecer unidos. Navidad es única, mamá, y es una vez al año. ¿Y este plebe tan alebrestado, quién me lo alborotó? Caviló. Pero ¿quién dijo que no estaríamos juntos? Mañana llegaremos contigo, mientras tanto piensa en lo que vamos a hacer. ¿No iremos a Culiacán? Quiero ver a la abuela. La estoy convenciendo para que nos acompañe, si necesito tu ayuda te llamaré, quería darte la sorpresa pero eres tan listo que es imposible. Mamá, te quiero. Yo también mi rey, ahora a soñar con los angelitos, que mañana tenemos mucho que hacer, ¿iremos a Disneylandia? Mejor a las hamburguesas, ¿vendrás en nuestro avión? Por supuesto, por si se te antoja viajar a otra ciudad. Menos a Culiacán, ¿verdad? Si estaremos allá nosotras, ¿para qué quieres venir a Culichi? Para ver fotos de muertos en los periódicos, están bien chilas. Gulp, bueno, estando allá decidimos, al cabo que tendremos el avión a nuestra disposición. Trae camarones. Caray, mi amor, tan pequeño y ya tienes esas nostalgias. Y salsa Guacamaya. Te llevaremos todo, no te preocupes, ahora duerme. Te quiero mamá. Y yo a ti.

Meditó por unos minutos. No había escapatoria: también debía ser madre. Al siguiente día tendrían que salir temprano a Culiacán en avioneta y luego a Pasadena. Se puso de pie: se lo diría de una vez a Mariana y le llamaría a su madre para que estuviera preparada. Se alegrarían de ver a César. Es tan niño, sin embargo, cada vez se parece más a su abuelo, quizá me salga como él, pero de momento la que debe poner orden soy yo; no estuvo mal la reunión, solo espero que ninguno resulte con su domingo siete. Mariana debe estar clavada leyendo o viendo la tele, esa Mónica Lavín la volvió loca; por eso no hace ruido; trae una fascinación con sor Juana, nomás porque era de las nuestras. Decidió averiguar. Abrió la puerta, tele encendida, Mariana dormía boca abajo en bata de baño con los muslos descubiertos. Lámpara de iluminación leve funcionando. Libro sobre el buró. De solo verla supo que algo no estaba en su sitio. Mmm. Podría quedarse dormida en casa con su vieja bata azul, pero ¿con una de hotel? Se acercó intrigada, tocó su mano: fría. Oh, pelo húmedo, volteó su cuerpo frágil. Tiro en la frente. Dios mío. Deslumbramiento. Lo bueno de las mujeres es que lloran, dicen, pero ella se trabó. La contempló. ¿Qué te hicieron, mamita? Se arrodilló para poner su cabeza en su pecho donde la dejó un momento. Temblaba. Ojos secos. Brillantes. Mamita linda, ¿qué te hicieron? Uta madre. Bajó los párpados unos segundos. Flash. Salió despacio.

Impensable morderse un ovario.

Trece

Motel.

Se quedó quieta: descalza, ardiendo, temblorosa. Hombre con barba de tres días tan temeroso que costaba hacerle perder el control, la observaba. Se clavó en sus ojos. Cafés. Pensó en desnudarlo poco a poco, en acariciarlo parte a parte, pero esa no era su naturaleza. Con prisa se hincó, le bajó el zíper cierre cremallera del *jeans* negro, extrajo un miembro de buen tamaño y lo metió en su boca. Mmmm. Succionó desesperada. Licuado de cereza. El hombre tomaba su cabeza, emitía leves eufonías, pero ella solo escuchaba la quebradura de su cuerpo, el eclipse total de corazón. Él resistía: No me voy a venir como un colegial, no. Su cuerpo lo porreaba: Órale, güey, ¿querías acción? Pues órale, aplícate, cabrón; con rapidez se despojó de la ropa y la llevó a la cama, le alzó la falda y fue directo a la manzana, la que realmente se le atragantó a Adán. Un lunar grande en el pubis negro. Punto de reposo. Ella se agitó, toda su vida estaba en su entrepierna y se relamía. Lamía. Mía. Ahhh. Él mordisqueó su clítoris con suavidad, los grandes labios orlados, rosados y dejó que la mujer se debatiera en espasmos de muerte. Aggg. Sus manos en sus tetas breves. Aaat. Orgasmo convulsivo. Inmediatamente lo atrajo, le ofreció sus nalgas redondas y él la penetró hasta el fondo. Ahhh. Contempló su trasero magnífico ir y venir, ir y venir y acarició su espalda dura en ese momento en que

nadie es frágil. No me voy a venir: no todavía no. La sacó, ella
se volteó de frente. Métemela, lamió sus pezones, su cuello,
besó sus labios acojinados. Métemela hasta el tronco, puso sus
piernas en sus hombros y la penetró de nuevo. Ella lo recibió
con rebeldía. Ahhh. Le tocó las tetillas, le lamió las manos, las
muñecas y se entregó completa a esa verga que la traspasaba
pasaba asaba. Dame placer. Él le dio por unos minutos hasta
que ella tuvo nuevas convulsiones. Aggg. Entonces eyaculó.
Oggg. Se dejó succionar. Ohhh, en el único arrebato mundial
que valía la pena.

Motel.

Catorce

El secretario sostenía un vaso de *whisky* con hielo cuando sonó el celular cuyo número le dejó a Ugarte. Jirafas de varios materiales sobre el escritorio. Se volvió a una gran ventana por donde se veía la ciudad iluminada. Dígame. Hace diez minutos terminamos. ¿Continúa usted en el lugar de los hechos? Todos nos hemos marchado de inmediato, va la información: le contó cada palabra: las certezas, las dudas y las promesas. Nueve y todos del Pacífico, nada más. ¿Solo eso? Exactamente. ¿Sabe el nombre del político de Tijuana? Lo mismo que usted. ¿Es guapa la señora? Muy guapa. ¿Y de cuerpo? Perfecto. Me cuentan que es muy formal en el vestir, que usa trajes de colores oscuros. Algo así. ¿Por qué medio está saliendo usted, señor Ugarte? Marítimo, señor. Por si le interesa: lo que me informa es una mierda, no sirve para nada, ni siquiera eso de que nos considera extremadamente vulnerables, es una ridiculez más de su fama de hombre infalible, lo interrumpió. Bueno, señor secretario, fue un placer colaborar con usted, que haya buena suerte. Cortó. Lanzó el celular a la carretera por donde circulaba despacio de tal suerte que una llanta del Bora alquilado lo triturara. Crash. Se hallaba tenso. No tengo por qué escuchar sus amenazas, perseguido; sintió un agudo dolor en el abdomen y náuseas. Maldito mediocre, y el malestar creció. Creo que me sobresforcé, me duele todo. Se detuvo fuera del pavimento, ¿utilizaría su pistola? Abrió la portezuela y vomitó oscuro. Era la señal de un día menos y de una acción de más. No en ese descampado. Un auto negro lo rebasó a toda velocidad. Recordó a María, su mujer, a su hija Francelia y a su hijo Aramís que estaba lejos. Vomitó de nuevo. Enfermar es estar solo dos veces.

El faro del aeropuerto de Mazatlán lo iluminó un segundo; luego cerró la portezuela y continuó, ¿a quienes reconoció de los reunidos? A dos; de ellos, solo uno lo escudriñó con cierta insistencia. Encendió la radio: *Belén, campanas de Belén, que los ángeles tocan, qué nuevas nos traen...*

Quince

Max Garcés condujo al sicario encargado de la vigilancia exterior de la habitación de Mariana al campo de golf. El joven sudaba copiosamente. Sabía que iba a morir, ¿quién se salva de eso? Nadie. A ocho metros dos guaruras los seguían. Ni siendo pariente de la señora. El aire frío del mar apergaminaba las ganas. Ambos con gorras negras. Se detuvieron. Si eres derecho protegeremos a tu familia, si no, sabes muy bien lo que haremos: cuéntame qué viste, qué escuchaste, qué oliste. Nada, jefe, nadie se acercó, solo pasaron gringos que venían de la playa y los compas de la ronda que aparecían de vez en cuando. Haz memoria, cabrón. Nada, de veras, todos iban llenos de arena y borrachos. ¿Viste al Macaco o a alguno de los nuestros? A nadie, a los de la ronda nomás. ¿Te dijo algo el Macaco? Nunca hablamos, es la orden que usted nos dio: él adentro y yo afuera. El hotel tiene un video de lo que pasa en ese pasillo las veinticuatro horas, pero quería que tú me lo dijeras. Nunca entré, jefe, se lo juro por Malverde, por mis hijos y la Virgen de Guadalupe, pero si tiene que matarme, hágalo, estoy muy a gusto en este mundo, pero si ya me toca, viene. Garcés lo observó. ¿Cuánto te pagaron por hacerte pendejo? Traición no, jefe, eso no va conmigo, si usted no quiere matarme me mato yo, pero traicionar a la familia Valdés, nunca. Garcés lo observó de nuevo: más tranquilo; su padre y sus hermanos habían muerto al servicio de don

72

Marcelo Valdés, progenitor de Samantha. A menos que lo hayas hecho tú. Ni lo mande Dios, jefe, de veras; yo soy hombre y jamás haría algo así, y si tiene dudas, máteme a mí y a mi familia, yo soy leal hasta la muerte y si lo tengo que demostrar, adelante; además, como bien sabe usted, ella era muy buena persona, no se me olvida que cuando nació mi niño le mandó un regalo. Garcés respiró, palmeó a Mocoseco y decidió dejarlo vivo; el video mostraba un pasillo libre de extraños, salvo una pareja de ancianos con bastón, y por la ventana exterior era humanamente imposible aproximarse sin ser visto; ¿quién la mató y cómo llegó hasta ella? Garcés reconoció que el asunto escapaba a su entendimiento. Eso le dijo a Samantha Valdés minutos después en su habitación.

No puedo creer que estemos rodeados de gente tan pendeja, Max, cómo es posible, te pedí los mejores, me dijiste que eran los mejores, ¿y luego?, ¿para esto? Tampoco me lo explico, señora.

¿Qué crees que hubiera hecho Marcelo Valdés si le hubieran matado a mi madre?

Max Garcés no lo había pensado, pero esa no era respuesta. Permaneció en silencio unos segundos.

Tomaremos medidas, señora.

Contéstame, cabrón, qué hubiera hecho mi padre en este caso. No lo sé, señora, su padre era especial.

Se vengaría, Max, se vengaría con toda la saña y es lo que vamos a hacer; alguien tuvo huevos para hacerlo, pues ahora muchos los tendrán para pagarlo. Si creen que me van a amedrentar con este asesinato, están pendejos. Si no sabes por dónde empezar, con mucho gusto te lo digo.

Déjelo de mi cuenta.

Pues haz algo en Mazatlán, que se sepa que con Samantha Valdés no se juega más que pura madre.

Bebió directo de la botella de *whisky* y la estrelló en el piso, casi llena. Basta de alcohol, se hallaban en la habitación contigua a la del crimen, donde aún yacía el cadáver de Mariana

Kelly. No debo estar borracha con esta desgracia encima, el rostro de Samantha se tornó pétreo, se puso de pie y miró hacia la ventana. Dicen que Dios sabe por qué hace las cosas, pero esta vez no creo, ¿cómo pudo pasarle esto a la mujer más buena del mundo? Tenía planes de beneficios sociales como si fuéramos políticos. Qué cabrones. Tengo que telefonear a mi madre, y a César, pobre mijo.

Con permiso, señora.

Llama al Diablo, que vaya con los de la funeraria San Chelín y se venga con ellos.

Debe estar en su boda.

Que me haga ese favor.

Fue a la ventana y el paisaje era una mierda. Pinches lágrimas.

Dieciséis

Me contó Enrique que estuviste muy grave. A veces hay balazos de más y te tocan algunos.

Era algo más espectacular, como que tu carro explotó, algo así. No le hagas caso, siempre fue muy exagerado.

Te miras muy bien, pensé que estarías panzón y arrugado. La que está de no creerse eres tú; de verdad: te ves fantástica.

¿Me imaginaste? ¿Una señora mofletuda, de pelo amarillo y con las nalgas caídas? Más o menos.

Eres un sangrón odioso. No es cierto, ¿cómo crees?

Yo me acordaba de ti de vez en cuando, y eras ese chico tierno que hablaba lo necesario y daba respuestas raras. Tú eras un misil.

Viví mi época, traté de sentir al máximo, de conocer al máximo, de soñar al máximo.

Las chicas siempre pretenden ser mayores, ¿a qué edad una mujer ya no quiere cumplir años?

Depende de cada quien, algunas demasiado jóvenes se hacen de todo para que no se les note, se ponen nalgas, pechos y se arreglan la cara, aunque hay una edad en que somos estables, tal vez de los veinticinco a los treinta y dos; ¿por qué no te casaste?

Quizá porque no encontré a la mujer, o pasó a mi lado y no la vi, o porque era mejor emborracharse que buscar pareja, ¿y tú?

Conocí al menos tres personas con las que pude haber hecho vida, pero no me animé, por Jason; los tres me dijeron alguna minucia sobre él que me atemorizó; el último, por ejemplo: ¿y ese chico, puede con la escuela o solo es correcaminos?, lo sentí como una alerta y mejor me eché para atrás.

Yo no llegué a tanto, quizás una vez, pero ella era casada y no terminó bien.

Los agarraron con las manos en la masa.

Peor, eran asesinos y casi caigo en sus redes.

¿En serio?, ¿y los metiste presos?

Algo más ruin, pero mejor cuéntame qué haces allá.

Me asocié con una amiga y pusimos una taquería: los mejores tacos de Santa Mónica, estamos cerca de Hollywood. ¿Les gustan los tacos a los gringos?

A los gringos no, pero a los chicanos los puedes enyerbar con ellos; a veces no nos damos abasto; los más exitosos son los tacos políticos. ¿Y ese nombre?

Son de lengua. ¿En serio?, y hablando en plata: ¿a qué atribuyes que te conserves tan bien?

Tengo pacto con el Diablo. ¿Con el Diablo Urquídez?

¿Y ese quién es? El novio de la boda a la que fuimos.

¿Por qué no estaban, es una nueva costumbre? No hasta donde yo sé; en el caso del Diablo, su suegro no sabía por qué se fueron y tampoco le importaba, él amarró a su hija y con eso se dio por satisfecho.

Eso no cambia, y en Estados Unidos es igual, a pesar de que los jóvenes en cuanto pueden se salen de sus casas. ¿Jason vive solo?

No, nunca ha hablado del asunto, creo que se considera el hombre de la casa. Esta tarde, cuando regresó de Altata, mi mamá dijo algunas cosas de ti, que no debería salir contigo, que era peligroso, que además eras un tipo poco confiable, un alcohólico, y Jason la paró; fue, la abrazó, le susurró que la quería mucho pero que no dijera cosas de su papá ni delante ni a espaldas de él; mi madre se quedó con la boca abierta; después no le quedó más remedio que responder a sus arrumacos.

Me confió que está libre de drogas. No era adicto, pero tuvo sus experiencias; ahora está en eso: mantenerse al margen.

¿Por qué siempre está mandando mensajes? Sus amigos hacen lo mismo, como que es una moda; oye, soy madre de familia y debo llegar temprano a casa. Jason no se duerme hasta que aparezco.

Espero que haya una silla cómoda con doña Mary.

Diecisiete

Ugarte respondió su celular. ¿Cómo estás? Esperé tu llamada toda la noche. Buenos días, general, el asunto se retrasó más de dos horas y pensé que era tarde para usted. ¿Todo acorde a nuestros planes? Como a usted le gusta. Es grato escucharlo. Anoche llamé al secretario, le informé de lo que se habló y misión cumplida. Ahora cuéntamelo a mí. La señora muy bien, posicionada en su liderazgo, pidió que se mantuvieran unidos, que no mandaran a su gente a morir en vano, que su negocio no era matar sino traficar; nos preguntó a todos algo de nuestras plazas y concluyó la reunión. Igual que el padre, fue directo al grano. Al parecer es su estilo. ¿Cómo viste al grupo? Compacto, sin embargo, si ella pide unión es que algo debe rondar por ahí. ¿Crees que tiene una amenaza? No lo aseguro, siento más bien que lo dice como una medida preventiva, es su naturaleza femenina. ¿Había jefes o representantes? La mayoría representantes, y todos se manejaron de bajo perfil, solo hubo gente del Pacífico. ¿El secretario te hizo preguntas clase A? Ninguna, más bien pretendía una valoración, pero ya ve usted que no es lo mío. Además, es su trabajo, ¿intentó humillarte otra vez? Digamos que sí, descalificó la información y negó que fueran vulnerables, un punto que tocó la señora en la reunión. Perfecto, llamaré al presidente para darle nuestra versión y ya te busco. Estaré aguardando. ¿Permanecerás allí algún tiempo? No, iré a mi infierno chiquito. Es bueno estar con la familia en Navidad; por cierto, te acabo de mandar unos adornos para tu árbol que te van a sorprender, los yucatecos son realmente geniales, ¿ya desayunaste? Estoy en eso. También yo, buen provecho.

Se encontraba acostado, pálido, inapetente, tembloroso. Había cumplido con creces, se sentía satisfecho, pero no más. El general era una máquina y exigía que su personal se asumiera como tal, pero él ya no estaba para esos trotes, el dolor era un memorándum efectivo y sentía la muerte a todas horas. Morir, matar, agonizar en ese momento eran lo mismo. Tomó sus medicamentos de encima del buró y encendió el televisor. Pasaba el noticiario matutino: Noche horripilante, recalcaba una periodista en la pantalla. Anoche Mazatlán se llenó de sangre, seis colgados de un puente y acribillados por todas partes, entre ellos dos menores de edad; las autoridades del puerto confiesan que jamás habían tenido un diciembre tan rojo, a pesar de que es uno de los colores típicos de la Navidad. Ugarte la apagó, ¿para qué saber de eso?, ¿en qué me beneficia? Se levantó en pijama; claramente se notaba que había perdido peso, cogió su pequeña pistola de encima del buró y la guardó en el cajón. En la cocina llena de polvo bebió un jugo de naranja de lata, después marcó en el teléfono fijo. ¿Cómo está la nena más guapa de Cuernavaca? Papá, ¿dónde andas? Mis amigas quieren conocerte. En tierra de nadie, ¿dónde más? ¿Nos puedes traer camarones? Por supuesto, pásame a tu mamá. Está en la Ciudad de México, se fue ayer en la tarde a reunirse con sus amigas. ¿Para su «tradicional cena de fin de año»? Yes en inglés, le ayudé a empacar el regalo. Dile que llego esta noche. No olvides los camarones. Adiós. Besitos. Por la ventana vio la calle, el jardín lleno de hierbas, la reja poco alta y enmohecida; ningún adorno navideño. Si el general quiere acabar con el secretario o transformar la situación, va a tener que hacerlo sin mí.

Luego fue al baño a vomitar el jugo.

Se miró en el espejo. Caviló que había tenido una vida especial, que había hecho bien su trabajo, que dejó pocas promesas sin cumplir; mas cuando quería pensar que estaba listo para irse, se lo impedía un sentimiento de profundo temor; se negaba a admitir que el fin es cuando te llega la hora. Se contempló un momento más y fue cuando la vio reflejada: una sombra tras él, fugaz pero completamente definida. Oh.

Dieciocho

El doctor Uriel Castro Arellano abandonó intempestiva-
mente su consultorio en Bachigualato, frente al aeropuerto,
en los límites de la ciudad. Huía. Minutos antes su asistente
recibió una llamada de un tipo que, al negarle atención a domicilio, la amenazó con ir por ella y el doctor y arrastrarlos
de los huevos. Yo no tengo huevos, señor. Pero él sí, y si no le
saca la muela a mi jefe, no se la va a acabar en su puta vida.
Arellano había escuchado de dos dentistas muertos y no quería ser el tercero. La asistente, que salió detrás de él, prefirió ir
en sentido contrario hasta encontrar un taxi y refugiarse en su
casa alejada unos veinte minutos.

En la prisa, el doctor no se quitó la bata. Caminaba tan asus-
tado y desparpajado que no advirtió que el Tío Beto y un sicario
lo esperaban en la banqueta, al lado de una camioneta con algunos orificios visibles, a unos treinta metros. Una joven de minifalda ajustada, muslos fuertes, que tenía cita en cinco minutos,
se sorprendió al verlo en ese estado, un hombre tan ecuánime y
respetuoso, tan dueño de sí mismo, notoriamente desencajado.
Se quitó los audífonos donde escuchaba *My Name is Luka*, con
Luka Kovac. Hay anteojos que no ocultan el miedo. La joven,
que estudiaba psicología y trabajaba una tesis sobre los efectos
de la violencia en las personas comunes, pensó lo peor y acertó.
En un instante ubicó a los sicarios y decidió intervenir. Hey,
doctor, ¿qué hace aquí? Se cancela la cita, Claudia, su voz era

un chillido, nada que ver con ese sonido suave que tanta confianza daba a la hora del sufrimiento. Sin medir consecuencias lo abrazó y trató de besarlo en la boca; Arellano manoteó. Por favor, no haga eso, ¿qué le pasa? Permítame doctor, estoy al tanto de los dentistas asesinados y atrás de mí hay dos tipos que lo están esperando, béseme y véalos. Es que. La chica se le prendió de la boca seca, blanca, olorosa a muerto. El doctor divisó al Tío Beto acariciándose la barbilla y al sicario observando. Se orinó. La chica lo recargó en la pared más cercanasin dejar de besarlo. Agárreme las nalgas con lujuria para que no vean que voy a usar mi celular, no me suelte hasta que vengan por nosotros. Él la tomó con timidez. Doctor, que se me vean los calzones, hágalo, si no aquí nos matan a los dos. Obedeció. Los pocos transeúntes caminaron despacio extasiados por el trasero de la chica y una tanga roja que merecía desaparecer. Los sicarios también se acercaron, podrían llevarse a los dos, ¿quién lo iba a impedir? Además, todo dentista requería de una asistente.

Una patrulla, dando un toque a su sirena, se estacionó cerca. La pareja dejó de besarse, los transeúntes se dispersaron sonrientes, los policías pasmados con la belleza de la joven: Hay cabrones que tienen más suerte de la que merecen, ¿no lo cree, compita? El Tío Beto tomó del brazo a su compinche y se alejaron. En ese momento un auto verde conducido por una mujer de cabello largo y rizado se aproximó. Claudia abrió la portezuela de atrás, empujó al doctor y se metió tras él. Mamá, acelera, toma la carretera al aeropuerto, allí hay policías federales. Qué pasa, niña, ¿qué tiene el doctor? No se siente bien. Vio cómo los sicarios subían a su camioneta, pero no se movieron. Arellano empezó a llorar. Un minuto después las dos lo acompañaban.

Arellano, que odiaba al cuerpo policiaco, no quiso denunciar. La chica había entrevistado varias veces al capitán Pineda, le llamó, pero no se interesó; no obstante, prometió que se ocuparía del caso si aceptaba cenar con él. Ella pensó que apreciaba a su dentista, pero no tanto.

Diecinueve

Gris Toledo entró con su coca de dieta y un café para el Zurdo que hojeaba el periódico. ¿Algún chisme importante? Ve esto, foto a media página de la boda Urquídez-Abitia. Qué bien salieron ¿no? Me gusta su vestido, su maquillaje es perfecto, son sus amigos, ¿verdad? Hace algunos años el Diablo trabajó con nosotros. Se ve feliz, ¿fue a la boda? Un rato, sí. Porque lo veo muy contento, eh. He dormido bien estos días. Supongo. ¿Pasa algo, agente Toledo? Nada, jefe, nada, pero debería quedarle claro que las mujeres siempre vemos más de lo que parece en asuntos de mujeres y claro, en muchos más. El Zurdo pasó página y vieron la nota roja: «Seis colgados de un puente en Mazatlán», arriba de una foto donde mostraba los cuerpos como piñatas en un puente peatonal. Mire nomás, en Mazatlán se soltaron los demonios. Además, hay veintitrés acribillados y cuatro Hummer incendiadas. Noriega debe andar vuelto loco. No creo, mi amigo estará como siempre, disfrutando de la vida con sus cervezas, su aguachile y seguramente al tanto del origen de tanto escabechado. Los cárteles, jefe, ¿quién más? A lo mejor son miembros de alguna secta religiosa y se suicidaron. No me diga. Buenos días, entró Angelita. Gris, cero, ninguna llamada; jefe, lo busca el comandante. ¿Estamos varados con Manzo, verdad? Ah, no, Gris quiere saber si le han llamado a usted. ¡Angelita! ¿A mí, quién o para qué? Gris tomó la voz: Solo queremos saber si su felicidad se debe a alguna muchacha y quién es la afortunada. Les prohíbo que se metan en mi vida, ¿quién se creen? Apenas lo puedo creer, ¿alguna vez les he faltado al respeto o me he entrometido en sus cosas? Perdón, jefe, solo quería. ¡Pues no andes queriendo! Salió rumbo a la oficina de Briseño, sonreía.

El comandante comía pan de centeno con café. ¿Está a dieta, señor? ¿Yo? Sería el último error que cometería en mi vida, el hombre nació para comer, lo demás son accidentes. Caray, comandante, hoy llegó su parte pensante, lo felicito. La que no veo por ningún lado es la tuya, le aventó una carpeta de un centímetro de grueso. ¿Qué le hicieron al ingeniero Constantino Blake Hernández? Echa un ojo a las recomendaciones que nos hace llegar la Comisión Nacional de Derechos Humanos. Lo interrogamos de manera normal. Que te lo crea tu abuela, allí su hermano prácticamente está pidiendo mi cabeza, se queja de tortura, discriminación y obstrucción para llamar a su representante legal. ¿En serio? ¿Qué pasa contigo, Edgar? No hay caso en que no provoques problemas; haz tu trabajo según las reglas y evítame la pena de estarte llamando la atención como si fueras un novato. Jefe, no le miento, al tipo no le tocamos un pelo y es un arrogante, estuvo presumiendo todo el tiempo y de pendejos no nos bajó. Ve las fotos, por poco lo matan; con razón estaba el Gori allí muy aplicado; pásame el informe de lo ocurrido y lee ese mamotreto, algo tengo que contestarle. Dígale que su hermano es un mamón. El que es un mamón eres tú, y me está viniendo la idea de hacerte responsable de lo que le ocurrió al ingeniero; podrías echarte un par de años en prisión. ¿Tan poco? Si me visita me lleva de ese pan, se ve delicioso. A propósito, ¿y Quiroz? Hace tiempo que no lo veo. Ni idea, quizás es parte de los periodistas que pasaron a mejor vida. Ah, caray, ¿en serio? Realmente no sabemos, quizá se lo llevaron los marcianos. Bueno, quiero ver el informe que involucra a Blake. Lo que le comenté, un dentista fue asesinado, Blake era o es amante de la esposa y no quiere confesar dónde estaba la noche del crimen. ¿Nombre del médico? Ya se lo dije, Humberto Manzo Solís. Por un momento pensé que era el mío, que me trae por la calle de la amargura. No tuvo tanta suerte; bueno, voy a ver esto. Y apúrate con el informe que necesito tener con qué defenderme; oye, te veo diferente, más repuesto, como que estás en una buena etapa. Le está afectando la dieta, jefe, estoy igual. Hasta te ves colorado. Salió sin responder.

Mendieta regresó de malas a la oficina y se puso peor al ver las fotos del informe de la Comisión Nacional de Derechos Humanos; presentaba varias partes del cuerpo moradas, inflamadas, y tres con sangre; además de un vitriólico discurso sobre la tortura practicada por las policías de provincia, en particular la de Culiacán, donde se habían tomado las fotos, que se distinguía por su salvajismo y crueldad. Exigía una explicación y recomendaba entregar a los responsables a una instancia federal para fincarles responsabilidades. Órale. Agente Toledo, ¿le hicieron algún trabajo a Blake que yo no sepa? Cómo cree, jefe, no lo tocamos ni con el pétalo de una rosa, y eso que estuvo insoportable. Pues ya valimos madre, ve estas fotos. Gris las contempló en silencio; al terminar expresó: El tipo nos quiere fregar. Busca a Ortega, que determine de quién son las imágenes; dile al Gori que esta tarde, a las siete, nos vemos aquí.

Mendieta llamó a Jason sin suerte y Susana había salido con unas amigas. Fue a casa y encontró a Ger cocinando y cantando: *A menudo me recuerdas a alguien...* No lo puedo creer, pero qué gusto que haya llegado. ¿Qué pasó? Pues casi nada, el joven Jason quiere comer pescado zarandeado y se lo estoy preparando. ¿Está aquí? Acaba de ir al Oxxo por unos refrescos y el pescado me está quedando de pelos, así que no me salga con que tiene un caso urgente, usted se queda a comer con su hijo y si quiere invitar a Susana, pues tráigala que alcanza para todos; oiga, qué guapa está, ¿verdad? Qué bárbara, por esa mujer no pasan los años, y qué cuerpo. Yo no sé nada. No se haga el tarugo, si toda la colonia dice que han salido varias noches. ¿En serio? ¿Usted cree que este es un barrio de ricos donde el vecino no sabe lo que pasa enseguida? Aquí no, señor, aquí todo se sabe y, por cierto, cuentan que hay un gringo que pasa en una camioneta negra que no la deja en paz. Mendieta se quedó tieso. Ese gringo, ¿vino con ella? No, lo que dicen es que apareció preguntando por doña Mary y luego por Susana, ¿no le ha dicho ella? ¿Le has preguntado a Jason? Cómo cree, ni lo mande Dios, lo que quiero es que el muchacho se sienta como en su casa, no voy a andar preguntando cosas de la madre. Escucharon el Jetta que se estacionaba en la calle detrás del Toyota. Como ve, no puede despreciar mi zarandeado, le puse un poco de mostaza verde y cebollas de las tres: morada, blanca y amarilla, pimienta verde y apio fresco, voy a sacarlo del horno. Ya me dio hambre.

El Zurdo abrió la puerta. Jason mensajeó en su celular, lo guardó y entró con una bolsa del súper. ¿Qué tal Altata? Muy bien, fuimos Gustavo, mi primo que se quiere suicidar, su novia, una amiga y yo. ¿Se quiere suicidar? Sí, pero en su carro, maneja como loco, por eso te pedí el tuyo; a mi parecer, quiere llamar la atención de su papá. ¿Quién es él? Mi tío Domingo, es coronel del Ejército, jamás ha vivido con mi tía Aracely, pero siempre los ha apoyado económicamente. Órale, entonces disfrutaste la playa. La pasamos bien: comimos, nos paseamos en una banana y nadamos un poco. ¿Con este frío? Estaba fresco, y había mucha gente; frío el de California, el agua parece congelada y aun así se mete la gente. El camino, ¿bien? Más camionetas Hummer y Cheyenne que en un *freeway* de Los Ángeles a las cinco de la tarde. A la raza le encantan. Dice mi primo que son las preferidas de los narcos. Ellos, además de que les gustan, las pueden comprar, ¿que vamos a comer zarandeado? Ger ha prometido la gloria, oye, bajé los discos que te regalé, veo que no los has escuchado. Acuérdate que cambiamos carro. Si quieres cambiamos otra vez, ese Toyota está de sueño. Tú sigue en el Jetta y no lo menosprecies que es parte de la historia. Claro que no, además las bocinas están bien perronas, se ve que escuchas música todo el tiempo, ¿qué disco te pongo? Mendieta echó un vistazo a la caja, en la portada, en el nombre del homenajeado estaban las fotos de Dylan, Clapton, Wonder, Young, Harrison, Petty, McGuinn y dos que no identificó. El dos está bien. Jason manipuló el estéreo bajo la mirada escrutadora del Zurdo; el joven lo advirtió: cómo ves, soy derecho. Qué original, sonrieron. Señores, el pescado está servido.

Maneras básicas de comer un zarandeado al horno; debe presentar un aspecto dorado y se coloca al centro de la mesa:

a) Se sirve un trozo en el plato individual y se utilizan cubiertos.

b) Tacos. Se sirve directo en la tortilla de maíz, se come así o con un poco de mayonesa encima o untada en la tortilla antes de ponerle el pescado.

c) Con pan de grano, de preferencia ázimo, para que disfrute completo el sabor del pescado.

Picante al gusto.

Sirvieron agua de tamarindo embotellada, pero acepta perfectamente cualquier tinto de buena calidad, de preferencia Shiraz, y una buena cerveza clara.

Just Like Tom Thumb's Blues con Neil Young en el estéreo. Los santocloses vibraban. A un par de metros Ger los observaba con una sonrisa maternal. Si no viera lo que se parecen no lo creería: como una gota de agua. Irrumpió el Séptimo de caballería del celular del detective. Mendieta. Jefe, el Gori no quiere verlo, está muy deprimido. ¿Qué? Estoy en su casa, incluso quiere renunciar. Pásamelo. ¿Qué onda, mi Zurdo? Nada, mi Gori, ¿y tú, qué pedo te embotellas? Estoy agüitado, ya me dijo Gris que quiere verme, pero estoy sin ánimo. ¿Seguro? Segurísimo. ¿Y mañana? Mañana será otro día, mi Zurdo. Okey, regrésame con Gris. Usted dirá. Primer poli de su especialidad que me entero que se deprime. Se ve triste y ni siquiera se ha bañado. ¿Qué se te ocurre? Que lo dejemos para después, tal vez mañana esté mejor. Bueno, dile que mañana irás por él. ¿Aunque sea domingo? No podemos llegar al lunes con un elemento tan importante con la estima por los suelos.

Le contó a Jason.

Ese Blake, ¿es un tipo alto, fuerte, bien parecido? ¿Lo conoces? Estaba en el restaurante de Altata presumiendo que le había dado lo suyo a un poli. ¿A quién le contaba? A Gustavo, el dueño, y a dos amigos, entendí que tiene una casa allá, ¿quieres que la encuentre? No, lo veremos el lunes, pero ¿estaba de fanfarrón, dices? Lo más prudente que dijo fue que no pudieron retenerlo y que les iba a dar el susto de su vida. Ger trajo el postre: ate de membrillo con queso chihuahua y agua para Nescafé. Jason la besó en la mejilla: eres la mejor cocinera del mundo, Ger. Ay, joven Jason, me puse chinita. Sonó el celular del chico. Dime, estoy con Edgar; okey, se puso de pie. Mamá no se encuentra bien, voy a ir a casa de mi abuela y te aviso. Le llamé, tu abuela me dijo que andaba con unas amigas. ¿Sí? Pues no ha salido en todo el día. Si me permites, me gustaría acompañarte. Jason reflexionó. Espera aquí, yo te marco. Probó el postre y se fue volado. El Zurdo se volvió a Ger, interrogador. Será mejor que vaya, Zurdo, total, ya está metido.

En el aire continuaba Bob Dylan.

Veinte

Nublado. El velorio de Mariana Kelly, la misa de cuerpo presente, lo mismo que el entierro, fueron privados y sin espectacularidad. Jardines del Humaya a las doce, en la cúpula de la familia Valdés. Ni siquiera los jefes fueron requeridos; resultaba difícil moverse y era mejor evitar cualquier sorpresa. No eran pocos los que soñaban con agarrar a la banda reunida. La familia de Mariana entendió y se dejó llevar, se trataba de alguien que veían poco y cuyas amistades y estilo de vida no compartían. Pero una despedida es una despedida.

La ceremonia transcurrió con lentitud. Flores, abrazos, rezos. Después un conjunto norteño cantó *Te vas, ángel mío* y desapareció.

Garcés distribuyó gente por todo el cementerio y la familia se trasladó en autos blindados con relativa tranquilidad.

El Diablo Urquídez no tuvo tiempo para la luna de miel; es más, ni pensaba en eso disparando su AK-47 en diversos puntos de la región y a cualquier hora. Los asesinatos se sucedieron en todas partes del país, menos en la Ciudad de México, que preferían respetar. Samantha Valdés quería que los que debían saber supieran lo molesta que se encontraba y la fiera en que se podía transformar si era necesario. Que les quede claro a esos cabrones. Max Garcés investigaba quién podría estar detrás del crimen sin llegar a una conclusión; le preguntarían en cualquier momento y precisaba tener una respuesta;

después de todo se sentía responsable, su esquema de seguridad había fallado, y de qué manera.

Dos días después recibieron discretas llamadas y algunas visitas. Samantha pidió que no se movieran de sus lugares y que tampoco cayeran en pánico, que todo se arreglaría, pero que a partir de allí solo se reunirían los grandes jefes: nada de lugartenientes. Nunca pensé que los muertos fueran nuestros, comentaba la mayoría y se solidarizaban. Cuando se enteró Antonio el Rorro Gómez, no lo entendió completamente. Lo despertó al día siguiente su guardaespaldas sin dinero y sin mujeres y no tardó en darse cuenta de que no había asistido a la reunión. Eres un pendejo, llamó la atención al gordo porque alguien debía ser culpable. Evitó mover el agua y regresó a Tijuana donde en unas cuantas horas se olvidó del asunto. ¿Y ahora? Hablaría con su jefe en cuanto regresara de Las Vegas donde en ese momento perdía varios miles de dólares.

Esos días, mientras su gente hacía estragos, Samantha Valdés los vivió al lado de su madre y su hijo en la casona de Lomas de San Miguel. Maldecía, lloraba, amenazaba, su madre la distraía y aconsejaba. El jefe lleva cargas que solo él sabe y hay días en que le cuesta soportarlas, pero para eso es el jefe, para ser duro, experto en sufrir en silencio y firme en sus decisiones. Así era mi padre, ¿verdad? Si los hombres como él aspiraran al poder, mi viejo hubiese sido presidente. ¿Te imaginas? Hubieras sido la primera dama. Tonterías, hay cosas que no son para uno; y tú, mija, ¿hasta dónde vas a llegar con esta matazón? Hasta que sea suficiente. Minerva la observó unos segundos. La abrazó: Ni uno más, por favor, te lo suplico; y si no mueren en Culiacán, mejor; como quiera que sea aquí todos somos vecinos. Samantha se refugió en su pecho, deseaba hacerlo, pero aún no se sentía saciada; gimoteó: Te lo prometo, mamá. Minerva la obligó a que la mirara a los ojos. ¿Por la memoria de tu padre? Afirmó sin dejar de llorar. Echado en el jardín, al lado de un árbol lleno de esferas navideñas, Luigi esperaba.

Esa noche cayeron veintisiete y contando.

Veintiuno

La camioneta negra con placas de California se hallaba estacionada frente a la casa de doña Mary, viuda de Luján. El Zurdo sintió un ligero frescor en el estómago: ¿Me concierne o estoy como esos idiotas que se creen con derechos apenas una mujer les abre las patas? Bueno, tenemos un hijo y la hemos pasado bien, sin embargo llamó a Jason, claro, dijo que él se comportaba como jefe de familia. Quieres ir, no te hagas pendejo, te mueres de curiosidad. Realmente... Deja de hacerle al loco, Zurdo, la morra ha estado cachonda, muy aplicada. ¿Y a ti quién te mete, cabrón? Soy tu cuerpo, güey, y hacía mucho que no me la acariciaban con tanto cariño. Entonces no estés chingando. ¿A poco la vamos a compartir con el puto de la camioneta? Silencio. Ah, verdad, bien que te callas el hocico, pinche Zurdo. Ya, déjame pensar, veamos qué pedo con ese bato y a ver qué resulta. No obstante, continuó con sus reflexiones: ¿A qué voy?, ¿quiero ser su *kleenex*?, ¿no me estará poniendo una trampa y ahí voy con mi cándida carota a meterme? *Mira cómo ando mujer por tu querer*. Vio el Jetta estacionado frente a la camioneta y la idea de devolverse lo dominó. Aminoró el paso. Quizá conversan animadamente, han llegado a un acuerdo y formarán una nueva familia, ¿para qué me presento? Faltaban unos cincuenta metros para llegar cuando escuchó una detonación que provenía de la casa. Ah, cabrón, trotó, para variar no traía la pistola, esperaba que los vecinos salieran, pero nadie se asomó, quizá pensaron en cohetes que es costumbre detonar por esta época. Al llegar a la puerta cancel oyó llanto de mujeres. Recorrió el sendero que cruzaba el jardín hasta la puerta que encontró semiabierta y abrió al estilo poli: de una patada. Los ojos de Jason se volvieron a él, y los de Susana, doña Mary, el niño que le había abierto la primera noche, otro más, un joven de la edad de Jason y desde luego, un gringo alto, fornido, con tatuajes en los brazos. Lucía playera ajustada. Ohlalá.

Exclamaciones: Edgar, Hey, Ah, Oh, Mm; y la mirada vidriosa del gringo que no debía llamarse Arnold Schwarzenegger pero que se le parecía bastante.

Jason apuntaba a Arnold con un revólver niquelado. Susana Luján vestía de blanco siguiendo la moda de Susana San Juan y tan pálida como ella.

El Zurdo con los huevos en la garganta los miró como en un instante Farabeuf. Recordó *April Come She Will* con Simon & Garfunkel, ¿por qué? Ni idea, si hubiera recordado *The Boxer* hubiese sido más coherente. ¿Qué pasa? Este señor está molestando a mi madre, concretó Jason con frialdad. La molesta en su negocio, en nuestra casa y no conforme con eso nos siguió hasta acá. Nadie se veía herido. Mendieta tuvo el impulso de ordenarle: dispárale en la frente al pinche puto, pero emitió: Baja el arma. Puedo explicarlo todo, manifestó Susana desencajada, pero no menos velasqueana. Tú no explicar nada, ladró Schwarzenegger con notable aliento alcohólico. Es asunto mío, y se volvió al recién llegado que no sintió su sangre. Por favor, Susana tocó al gringo en un brazo. Suelta, putilla barata, me habías prometido algo y si este tipo es el problema lo voy a quitar de en medio. No lo harás, ese tipo es mi padre. Ave María purísima. Jason volvió a apuntar, pero Arnold ya se hallaba concentrado en el detective y en posición de pelea.

Métanse a un cuarto, ordenó doña Mary a los niños, y Susana. Por favor, estás equivocado, nada te prometí, ni a ti ni a nadie. Pero bien que sales con este imbécil, yo los vi. Ya lo sabes, es el padre de mi hijo y tenemos asuntos pendientes. Por supuesto, irte a la cama con él toda la semana si no es que más. Hey, hey, gringo puto, si el pedo es conmigo, deja a la señora. Jason bajó la pistola, de pronto se sintió protegido y experimentó esa agradable sensación de frescura; el Zurdo y el gringo se miraron como si fueran los primeros invasores de la luna disputándose la mano de la hija del rey.

Arnold se le fue encima acuciado por una rabia infinita que incluía raza, posición social e invasión de territorio enemigo. El Zurdo lo vio venir, intentó evadirlo, pero recibió un derechazo en el hombro derecho que lo cimbró. Mierda. Doña Mary y Susana chillaron. Jason las apartó y las metió en la recámara desde donde los niños espiaban emocionados; le indicó a Gustavo que cuidara la puerta. Mendieta se fue al cuerpo del rival y lo golpeó en los bajos con un rodillazo, pero el hombre no se veía afectado; por el contrario, atizó un fuerte trancazo en la mejilla al detective que lo hizo trastabillar. Jason, que traía el revólver en la cintura, lo amacizó. Pero Mendieta tenía un lado bravo, un hermano que había sido guerrillero y un hijo que perder. Soy placa, y en este país ser placa es ser suicida y muy poco ejemplar, así que me la vas a pelar, puto; Schwarzenegger transpiraba y de un manotazo derribaba el árbol de Navidad lleno de esferas y Mendieta le estrellaba una silla en el cuerpo que lo hacía sonreír.

Jason comprendió que el Zurdo tenía pocas posibilidades y se preparó para socorrerlo: un balazo en una pierna podría disminuir el valor de Arnold. Pero para el Zurdo el mejor ataque es la defensa, aprovechó el impulso de su rival para jalarlo y estrellarlo en un pilar que sobresalía en la pared y propinarle un rodillazo en el abdomen. El gringo tocó piso con las manos, pero se levantó como si nada. El Zurdo retrocedió. ¿Robocop existe? Abrió la puerta y antes de salir hizo una seña al gringo de que lo siguiera. Los niños muy excitados se posicionaron de la ventana.

Entre la parte edificada y el cercado de metal lucía el pequeño jardín de cuatro metros por diez que doña Mary cuidaba como la niña de sus ojos: rosales, gerberas, lirios, cunas de Moisés, yerbabuenas, una buganvilia en una esquina y, por la época, numerosas nochebuenas. Los púgiles intercambiaron puñetazos sobre las rosas. En la puerta Jason observaba, el chico que se quería suicidar apareció con un bate firmado por Adrián González que su primo le había traído de regalo. Mendieta, como podía, se metía en la guardia de Schwarzenegger que resistía y golpeaba como loco, aunque también acusaba fatiga. Dos minutos después el cancel se llenó de vecinos. Hombres, mujeres, niños y perros se fueron reuniendo. Un encuentro a puñetazos en Culiacán no se lo pierde nadie. Veían a Arnold que era peso pesado vapulear al Zurdo que era wélter natural. Un minuto después gritaban. Vamos, Zurdo, tiene que caer el puto, eso, abajo está bien, pero entra y sal, Zurdo, no te quedes quieto. Chínguese a ese costal de esteroides, mi Zurdo, usted puede. Al hígado, Zurdo, al hígado; y el detective se movía y atacaba; algo ocurría que podía prever los tremendos volados de Arnold, esquivarlos a tiempo y clavar sus puños en los bajos, que poco a poco sentía más blandos.

Ocurrió también que los gritos de la gente lo animaron a la vez que hacían mella en el güero que supo que eso no podía terminar bien; así que, sin más, puso las manos abiertas al frente, dio media vuelta, salió decidido entre la gente, se subió a su camioneta y se marchó a buena velocidad. La raza aplaudió levemente. Ese es mi Zurdo, cabrones. Nos vemos, Zurdo. Bien hecho, que sepan con quién se meten esos maricas, y se largaron a sus casas a ver la tele. Mendieta vio el muladar en que se convirtió el jardín y se volvió a Jason que sonreía. Encárgate de arreglar esto, voy a casa. Voy contigo, Gustavo, dile a mamá que ahora vuelvo; vamos en el carro, estás bastante maltrecho. En efecto, sangraba por nariz y boca, una mejilla inflamada, le dolían las costillas, la ropa desgarrada y las botas enlodadas. Susana salió deprisa y se subió en el asiento posterior, desde allí acarició los hombros del Zurdo que se quejó levemente del derecho. Vamos a una clínica para que te revisen. No es para tanto. ¿Seguro?

¿Quién era esa mujer por la que había peleado de esa manera? Cerró los ojos. ¿Qué significaba?

La verdad no sé por qué, se me olvidó que te olvidé, a mí que nada se me olvida. Atentamente, El Cigala.

Veintidós

Atardecer. Nublado. El Diablo Urquídez y Mocoseco colocaron los cargadores de sus AK-47 a la vez. Trash. El Chóper Tarriba los miró y acarició su bazuca. Se encontraban en el panteón Jardines del Humaya resguardando a la jefa que había traído un ramo de rosas rojas y una gran foto de Mariana sonriente. Las tumbas eran pequeños palacetes con cúpulas de colores brillantes. En algunas había motivos navideños y macetas con nochebuenas en los pasillos. Otras lucían abandonadas. Fresco. El Diablo encendió un cigarrillo, Mocoseco transpiraba; desde el suceso en Mazatlán lo dominaba la impaciencia, quería morir, pero con dignidad, ¿cómo se le fue a escapar ese cabrón fantasma?, ¿en qué momento? Solo se distrajo un instante cuando una gringa rubia se quitó la camiseta mojada: Qué chichis, Dios mío, qué calzoncito.

Dentro del monumento de azulejos rosados, Samantha Valdés rezaba ante la foto que apenas había colocado. Se persignó. Querida: quien haya sido lo va a pagar muy caro, te lo prometo, así se acabe el mundo. Olía a rosas y a flores que no se habían marchitado totalmente. Velas encendidas. ¿Quién fue? Cuando uno tiene tantos enemigos no hay a cuál ir. Muchos huevos se necesitan para hacerme esto. Tú lo viste, mándame una señal para torcerlo más rápido; jamás supe de alguien que te odiara como para hacerte esto. También se requiere cabeza para burlar la vigilancia de Max; o sea que tuvo o tuvieron que planearlo muy bien. ¿Y si fueron enemigos de Max? Para qué me hago pendeja: sus enemigos son mis enemigos y los tuyos también, así como los míos son de ustedes, arregló una flor. Puedo acabar con la familia del traidor Eloy Quintana, pero ¿realmente fueron ellos? Mi madre quiere que me detenga, ¿cómo la ves? La mujer de Eloy es su comadre y según está muy apenada. Querida, tienes que echarme una mano, ¿quién te disparó? Ah, tengo en casa el libro de sor Juana que te traía tan picada: prometo leerlo en cuanto pueda.

Una camioneta de vidrios oscuros se aproximaba. El Diablo, Mocoseco y los demás tensos. Armas a punto. Esperen, murmuró el Diablo con el cuerno empuñado. Dejen que se acerque un poco, el Chóper los tenía en la mira. La camioneta avanzó unos diez metros y se detuvo; permaneció medio minuto inmóvil y se alejó en rápida reversa. Dejó ver varios agujeros en una de las portezuelas. Los pistoleros se aflojaron y encendieron nuevos cigarros. El miedo no anda en burro, mi Diablo. Tampoco el valor, mi Mocoseco; pónganse truchas porque acaba de salir la jefa. Divisaron a Samantha que de inmediato fue rodeada de hombres de gorras oscuras. Se alejó en su carro y la siguieron.

Contentos: se sentían necesarios y no tenían recuerdos.

Veintitrés

Se citaron en el café Marimba del malecón Niños Héroes para tomarse un jugo de zanahoria. Me alegra que hayas conseguido tu objetivo, pinche joto, ocuparon una mesa al aire libre. Gracias a ti. ¿A mí? No chingues, ni de lejos me llevo con esa raza: para mí los Valdés son lo peor que ha dado esta tierra. Por eso mi agradecimiento es mayor. Bebieron: Estrada medio vaso, Ugarte un sorbo. Son unos cabrones, mucho tuvieron que ver con que me apañaran y lo que tuve que soportar. Norah Jones: *Live Don't Know Why*, en el sonido. Pero no los denunciaste. Solo al principio me preguntaron por el viejo, después, aunque yo quisiera hablar de él o lo mencionara como responsable, los polis le hacían al loco, querían oír de todos menos de esa escoria. Se nota que es un grupo poderoso, que mantiene el control. No lo dudo, desde entonces tienen comprado a medio mundo. Para que su negocio tenga éxito eso va junto con pegado, ¿no crees? Si tú lo dices, ¿acaso no eres un experto? Se burló. Lo mejor es que el clima estuvo chingón; oye, ya entrados en gastos, anda un rumor muy fuerte de que esa reunión se salió de madre, ¿pudiste ver algo? ¿Qué quieres decir? Que hubo tiros, con cadáveres y vidrios rotos. Ah, caray, no me tocó, en cuanto terminó salí disparado y pude ver que el resto hacía lo mismo. Se habla de una balacera y varios escabechados. Pues no estuve, ¿y hubo muertos, dices? No sé ni madres, es lo que se oye. Y si lo supieras tampoco lo dirías, eres una cápsula del tiempo, IBM. No en esto, ya sabes que todo lo que tenga que ver con los Valdés me vale madre; y ahora que ya estás retirado qué, ¿pondrás ese burdel para menores de veinte que decías, para que les enseñen a los jóvenes cómo disfrutar en la cama y no anden de pinches puñeteros? Algo mejor: voy a morir. Pues claro, ¿qué creías, pendejo, que quedarías para semilla? Ni que fueras tan chingón. Tengo cáncer de colon, no quiso decir que de próstata. Ráfaga de aire. ¿En serio o estás de pinche mamón? En serio. Ambos se volvieron al malecón donde se liaban las sombras con los sauces. ¿Por eso estás tan pálido? Me queda un par de meses, amigo, y como no es mucho lo voy a pasar con la familia. Tú siempre tan mandilón. Es la mejor opción. ¿Conseguiste una segunda opinión? Recopilé muchas y todas dicen lo mismo, agregando que una operación sería fatal. Pinche maricón, el caso es que siempre estás haciendo cosas extremas, y me cuentas como si nada. Es nuestra despedida. Otra mirada rumbo al río, gris por el nublado. Ese cáncer, ¿se considera una enfermedad de la edad? Nunca me lo dijeron, ¿recuerdas a Miranda, aquel compañero de la secundaria que siempre andaba bien línea? Cómo no, pinche oriental, más carrilludo que su puta madre. Un día lo encontré en Phoenix, en un centro oncológico de los más modernos, tenía algo en la piel. Ahora resulta que el sano soy yo. Tú ya padeces demencia senil y sufres trastornos emocionales bastante severos, ¿ya te olvidaste de que gritabas por las noches? Bebieron. Oye, no se la hagas mucho de pedo a san Pedro. Ya verás que no, cuando llegues. Y tampoco me jales las patas, cabrón. Con ese olor, ni pensarlo. Y yo que creía que se trataba de Colón y sus hijos Cristobalitos. Sonrieron.

Se escuchó una nutrida balacera por el rumbo del Jardín Botánico; ambos movieron la cabeza como signo de que no tenía remedio. Voy a estar mejor allá. Ni madres que se me antoja, puto, hasta que me toque. Lo que te toca es pagar.

Ni medio muerto se te quita lo gandalla. Se quedó quieto, de pronto el rostro de su amigo era otro. Huesos y cavidades oscuras sin mayor dulzura. Cerró los ojos y una claridad lo deslumbró.

Veinticuatro

El lunes Mendieta amaneció hecho un guiñapo. Le dolía todo y la invasión de su espacio vital por parte de Susana, que lo atendió y se marchaba tarde, lo tenía desconcertado. Unas copas de *whisky* funcionaron para despertar temprano pero no le atenuaron el dolor; en cuanto consideró prudente llamó a Gris Toledo. No olvides citar al Gori para esta tarde, necesita recuperar su autoestima y debemos ayudarlo. Jason apareció temprano, le proporcionó las placas de la camioneta negra y el hotel donde se hospedaba Arnold Schwarzenegger, que, aunque había violado leyes, el Zurdo decidió no tomar medidas, salvo que se presentara de nuevo y molestara a Susana: Si insiste lo enjaulo al cabrón; recordó a una joven sensual y al restaurante Sandy's Obregón: Dos Hamburguesas con chile jalapeño, papas fritas, dos cocas, una malteada de vainilla y otra de chocolate. La mía con doble tomate doble queso y limón.

Se vio en el espejo: aparecía cortado de una ceja, ojo semicerrado, boca hinchada, mejilla inflamada y morada. En el cuerpo presentaba magulladuras y moretones en varias partes; le dolían las piernas. Pinche gringo, se ve que me quería matar, y todo por Susana, ¿quién iba a decir que viviría este episodio por ella? Una chica que de joven detestaba tener novios porque prefería salir con todos, que lo sorprendió cuando lo invitó a dar una vuelta. Voy solo si después cenas conmigo. Ah, ¿y quién te dijo que a mí se me ponen condiciones? Te lo digo en la cena. Era hermosa, de cuerpo perfecto; de esas mujeres que es imposible ignorar, porque además era una forma agresiva de besar, de pegar el cuerpo, de practicar el sexo. Dos hamburguesas. Una maravilla. Apenas tuvimos lo nuestro y se esfumó; la extrañé un par de semanas; el trabajo de poli es tan maniaco que no te puedes dar esos lujos. En la Col Pop nadie volvió a hablar de ella porque apareció Rafaella, una pelirroja de pezones rojizos que según le encantaba el sexo duro. Nunca me involucré. En el último momento Susana corrigió: Oiga, ¿me puede cambiar la hamburguesa por un bistec con papas y una michelada? No lo recuerdo, pero seguro al mesero no le gustó.

Séptimo de caballería. Mendieta. Jefe, el Gori sigue igual, es más, ni siquiera ha venido a la jefatura y los de Narcóticos tienen dos morros que no quieren soltar la sopa. Deja llamarlo. Ger en la cocina cantaba *Oye cómo va, mi ritmo*, con voz segura. Le marcó. Buenos días, señora, páseme al Gori. Se está bañando. Sáquelo del baño, dígale que de parte del detective Mendieta. ¿El Zurdo? ¿Qué hay otro? Es que está muy deprimido. Deprimidos otros, pásele el teléfono de inmediato. Impasse. Mi Zurdo, al rato te caigo allá. Qué allá ni que la chingada, Gori, te volviste puto o qué. Qué pasó, mi Zurdo, por qué me dice eso. Ahora resulta que le tienes miedo a un pobre pendejo. No es miedo, sé lo que es eso y no es miedo, lo que pasa es que ya quiero renunciar. No mames, pinche Gori, y menos ahora. Antier me encontré al tipo, le reclamé su comportamiento y me puso una madriza, ya verás cómo me dejó, propagó que eras un pinche puto arrabalero y que se la pelabas, incluso amenazó con que iba a buscar a tu mujer para que tuviera oportunidad de conocer al menos un hombre en su vida, no la piltrafa con la que vivía. ¿Eso dijo el hijo de su pinche madre? Le anuncié que lo íbamos a buscar esta tarde y se rio, repitió que eras un pendejo y que como ibas a renunciar él ocuparía tu puesto. Va a chingar a su madre el culero. Mi Gori, vete ahora a la oficina y madrea a dos morros que violaron a una muchacha de la edad de tu hija, te van a decir que son sicarios, pero no, son violadores, chíngatelos y ahí nos vemos.

Se bañó con sumo cuidado. Jason llegó justo para desayunar machaca de pescado. Mensajeó y guardó su celular. Si el Zurdo se afeitara parecerían gemelos, manifestó Ger mientras les servía y ambos sonrieron. ¿Y si me dejo la barba, Ger? Claro que no, así estás bien; hubieras traído a tu mamá. Aún duerme, gracias; Edgar, si quieres puedo ser tu chofer, tu ojo izquierdo está prácticamente cerrado. Te lo agradezco, pero Gris Toledo se va a encargar. ¿Qué les parece este manjar? Delicioso, ¿probaste el Nescafé? Ger no me da de otro, vas a tener que mandar un frasco de vez en cuando, ¿y lo de tu regalo? Jason sonrió. Ya me lo diste, se trataba de lo que hiciste antier: quitarnos al gringo de encima. Mendieta cruzó una mirada con Jason y detectó el brillo de un joven que se siente consentido. Tuvo un impulso que se negó a analizar; se puso de pie y ante la sonrisa de Ger: Dame un abrazo, morro. Jason se movió rápido y se fundieron. Uggg, con cuidado. El Zurdo sintió que se le remojaban los ojos, pero impidió el llanto, la que no lo pudo evitar fue Ger que dejó rodar sus lágrimas, imaginó que así trataban sus padres a sus hijos y que eran felices. Ring. Ger atendió el teléfono, pero se movió con lentitud. Ring. Bueno, un momento por favor, se volvió a la pareja que en ese instante se disolvía. Es el capitán Pineda.

Cómo andas, Mendieta. Bien, pero qué le hace, y tú. En chinga, ni porque está próxima la Navidad la raza deja de masacrarse, estamos en un auténtico movimiento social. Deben ser regalos de Santa Clos. Un regalo de Santa Clos es el que te tengo; encontramos hace días un asesinado en un maizal, cerca de Navolato, que habían reportado desaparecido, ya fue identificado por la familia y hasta entregamos el cadáver. ¿Y? Era dentista, Ortega dice que usaron las mismas armas con que le dieron piso a otro dentista del que tú sabes. Órale, que se mueran los pinches dentistas. Le pasé los datos a Ortega por si te sirvieran. Gracias y que tengas una feliz Navidad. Igualmente, Zurdo malhecho.

Le marcó a Gris. Agente Toledo, me acaba de avisar Pineda de un dentista asesinado con las mismas armas que Humberto Manzo Solís. Busca a Ortega, tiene la información, domicilio y demás datos del muerto, ¿has visto a Montaño? Él no tiene nada que hacer aquí. No seas rencorosa, márcale a su celular y pídele que me llame. Solo porque es usted.

No quiso regresar a la mesa. Sentía náuseas y con la ingesta de alimentos aumentó el malestar. ¿Te llevo al médico? Jason lo vio tan pálido que le pareció lo más prudente. Acuéstese, Zurdo, no se ve nada bien. Esperemos un rato, se quitó la playera que le molestaba y Ger se asustó. Caray, Zurdo, por poco me lo matan, deje ponerle fomentos de yerbalmanzo y árnica, voy a ir con la señora de enfrente para que me regale unas hojitas. Espera un poco. ¿Sabe qué? Eso no me gusta nada, mejor vaya con el doctor, que lo lleve el joven Jason. Yo me encargo. Sonó el celular de Mendieta. ¿Sí? Era Montaño. ¿Dónde estás? En mi casita, ya te dije, vieras qué útil me ha salido. ¿Es muy hermosa? Va a concursar para miss Sinaloa, con eso te digo todo. A ver si no te la baja algún narco. Bueno, tampoco me quiero casar con ella. Necesito que vengas, antier me agarraron por la espalda y tengo el estómago morado. ¿En serio? Sufro mareos y respiro con dificultad. ¿Dónde estás? En mi casa, en la Col Pop. No te muevas, voy para allá. Trae a la miss. Nada de eso, se quedará estudiando sus respuestas para el concurso, aún cree que el calentamiento global es lo mejor que ha pasado en esta época.

Media hora después Montaño casi confunde a Jason con el Zurdo. Caray, Zurdo, qué hijo tienes, eh, más parecido imposible. Lo bueno es lo único que se repite, ¿verdad, Jason? Claro. Montaño auscultó el abdomen, la mejilla, el ojo, le tomó la presión. ¿Qué fue esto, Mendieta, te agarraron dormido? Más o menos. Lo tocó. Uggg. Estás multitundido; te voy a inyectar, pero debes permanecer unas horas en cama.

Cuántas. Con seis es suficiente. Son demasiadas. Jason puede tomar tu lugar, digo, a lo mejor le gusta la policía. Seré policía, doctor. Pues ya está, toma el puesto de tu padre por seis horas. Ya, Montaño, no le des ideas, apenas tiene dieciocho. No digo que dispare o algo así, solo que en tu oficina vean que estás presente. Lo pensaremos, y tú qué, ¿de vez en cuando orientas a tus pasantes? Todos los días, recuerda que son mujeres que quieren aprender y, bueno, al parecer soy buen maestro; oye, cualquier cosa me llamas, estaré solo para ti. Gracias, y ten cuidado con la fiebre del heno. Trata de dormir para que el efecto sea más rápido. ¿Le puedo poner fomentos de yerbalmanzo con árnica, doctor? Por supuesto que sí, y vigílelo, que no se vaya de vago por ahí.

Jason lo acompañó a la cama y ayudó a Ger a colocar los emplastes.

A las siete de la noche, menos adolorido, lentes oscuros e inflamación a la baja, se encontró con el Gori en la jefatura. ¿Listo? Más puesto que un calcetín, mi Zurdo; oye, te ves muy mal, se ve que te pegó machín. No es nada para lo que le vamos a hacer al puto, a poco no. Gris lo puso al tanto del crimen del doctor Antonio Estolano, prestigiado odontólogo de Navolato, según el forense, asesinado al día siguiente de Manzo, por una bala de Herstal. Su asistente dijo que lo dejó con el último paciente; era un trabajo sencillo, solo extraerle una astilla de vidrio de una encía. ¿Qué? Sí, se trata de un hombre que se gana la vida en las cantinas mascando pedazos de envases de cerveza y tarros. ¿Lo encontraste? Se lo llevó un narco a su finca para un espectáculo, pero mañana va a estar desde las seis de la tarde en La Flor de Capomo, donde trabaja habitualmente; se llama José Rodelo y le dicen El Comevidrios. Órale, mañana le caemos, ahora nosotros vamos a buscar a Blake Hernández. ¿Es verdad que le dio a usted también? ¿No se nota? Se quitó los lentes. Dios mío, déjeme ir con ustedes. Nada, quiero que compres unos regalos para ti, para Angelita, el Gori, Ortega, Montaño y Robles. ¿Para el comandante no? Está bien, cómprale una cuchara o algo de cocina. Jefe, no se olvide de su hijo, ni de su mamá. Luego me ayudas con eso. ¿Puedo llevar a Angelita? ¿Como si fueran al baño? Más o menitos, y vamos a ir a Forum. Okey, no te desconectes, sacó un sobre con dinero del escritorio y se lo dio. Y, a propósito, ¿cómo está Jason? Bien guapo, igual que el papá; vamos, Gori. Lo que se vaya a cocer que se vaya remojando, mi Zurdo, ¿tienes un hijo? Así parece. Felicidades, ¿acaba de nacer? Tiene dieciocho, mi Gori. Ah, caray, y yo que pensé que nunca habías tenido mujer. Pues ya ves.

Blake Hernández tenía su negocio por la calzada Heroico Colegio Militar, al sur de la ciudad. Salieron por el Zapata para tomar la Pascual Orozco, apenas dieron vuelta cuando los rodearon dos Hummer y dos camionetas, todas negras. Qué pedo. Gori se puso nervioso. Zurdo, ¿qué es esto? Tranquilo, mi Gori, espero que hayas hecho tu testamento. Ya valí madre. Por un instante las cinco unidades permanecieron quietas. ¿Traemos con qué responder? No creo que mi Walther nos saque de apuros. Yo ni eso traigo. De tres de las negras bajaron hombres con armas a la vista, uno de ellos era Max Garcés.

Veinticinco

Sonó el celular de Ugarte. Caminaba indolente por un pasillo del aeropuerto Benito Juárez en la Ciudad de México, con una pequeña maleta y una bolsa de camarones secos comprados en Best Mar. Decidió tomar la llamada. ¿Cómo amaneció, general? Sin sueño, ¿y tú? En lo mío, ahora mismo rumbo al mercado. ¿Sigues en Culiacán? Estoy a punto de tomar un taxi rumbo a la guarida de Maxi. A tu infierno chiquito. Exacto. Oye, me llegó el rumor de que mataron a la chica de la señora la noche en que se reunieron, ¿qué sabes de eso? ¿Qué? Quería que me lo corroboraras. Pues mientras estuvimos allí ella no mostró desasosiego, no escuchamos nada ni hubo mención del asunto, y como es regla, desaparecimos de inmediato. ¿Pudieras investigar? Me informan que eso tiene que ver con la fuerte ola de violencia que se ha desatado en el país. Pues qué grave, resultó peor el remedio que la enfermedad. De ser cierto significa que está creciendo esa fuerza que no terminamos de ubicar y que debe ser muy poderosa. ¿Alguien en especial? Ni idea. ¿Y el secretario? Lo estamos analizando, de momento mantente alerta, quizá debas intervenir. Disculpe, general, pero no puedo, ahora mismo soy un elefante rumbo a su cementerio; sin embargo, haré una llamada. Te entiendo y lo que menos quiero es molestarte, no obstante, la situación lo amerita. Esa posible fuerza de la que habla ya no me tocará, general. ¿Realmente estás tan mal? No estoy mal, estoy malo. Está bien, pues: espero.

Pinche joto, me estaba acordando de ti. Creo que te voy a hacer caso, celebraré mi cumpleaños hasta enero. Es un mes acá, chingón, tiene cuesta, rebajas y hace un chingo de frío; cuando estaba marcando era el mes más duro, la época en que había más suicidios y escabechados. La Jolla tampoco era hermosa, siempre nublado, calles vacías, comida china, era cuando te visitaba dos veces por semana y no parabas de hablar de lo que harías al salir; si quería que callaras solo tenía que preguntarte por alguien. Tener el hocico cerrado me costó mis martirios, pero pertenece al pasado, oye, qué pedo, porque tú no llamas para saludar. Es bueno conocerse, ¿verdad? Bueno y malo, qué onda, porque ya me está entrando la ansiedad. ¿Es cierto que mataron a Mariana Kelly?

Silencio de orquesta que mira al director.

Que ocurrió cuando tuvimos la reunión, ¿es lo que me quisiste decir con eso de la balacera? Algo hay. ¿Cómo que algo hay? Dime si pasó o no. Hey, hey, ¿qué onda, pinche joto, quieres que te diga a huevo? Te la vas a pelar. No me hagas caso, es la náusea que estoy sintiendo, te llamo luego, ahora voy al baño.

Colgó, se hallaba en un teléfono público: luego marcó al general.

Veintiséis

El Gori volvió desconcertado manejando el Toyota a la jefatura de la PME. Gris y Angelita lo encontraron en la puerta rumbo a Forum. ¿Qué pasó? Las puso al tanto. Y como que lo tienen bien fichado, mi Gris, el que parecía el cabecilla lo saludó, lo llamó por su nombre y le pidió que lo acompañara. Pero ¿cómo viste al jefe, fue a la fuerza o qué? No, dijo que lo esperara aquí. No me gusta nada esto, podría ser un levantón, es el estilo de los narcos y el jefe no se lleva nada con ellos. Lo vi tranquilo. Gris le marcó a su celular, a los tres sonidos escuchó: Estoy bien, nos vemos al rato. La detective quedó pensativa. Si quieres dejamos los regalos para mañana. No, hagámoslo ahora; Gori, vamos a Forum, ¿quieres venir con nosotras? Voy si me hacen un favor. Tú dirás. Llévenme primero con el compa que me madreó, ya no aguanto la desesperación por darme un tiro con él y que sea lo que Dios quiera. Gris clavó sus ojos en el torturador, luego en Angelita. ¿Te quieres quedar? ¿Puedo ir? Nunca he visto a Hortigosa en acción. Gori, tendrás dos admiradoras en primera fila. De ahí podemos ir por los regalos que en esta época cierran tarde. Cantaron sonrientes: *Con la a con la a con la a de burro, y las tatachuelas.*

Por una ventana al lado de la entrada a la refaccionaria Blake, se veía la oficina de Constantino, que en ese momento hablaba por teléfono. Gris entró primero. Algunas luces navideñas, clientes comprando, música ranchera. Señorita, ¿qué hace aquí? Aún no me ha dicho qué hizo la noche del crimen del doctor Humberto Manzo Solís. Ni se lo voy a decir, ¿no quedó claro? Clarísimo, ya su hermano nos mandó las fotos de lo que no le hicimos. Pero qué me hubieran hecho si lo permito, a poco no, la detective sonrió. Que seríamos incapaces de hacerle, aunque no colabore. Con los labios apretados se acercó el Gori Hortigosa. Era una oficina abierta, a la vista del personal y de los clientes que por esas horas sumaban media docena. ¿Trajo su orangután? Quiso venir, al parecer usted le cayó bien. Gori avanzó directo a su verdugo, tenía prisa por quitarse el temor y solo enfrentándolo lo conseguiría. Blake se puso de pie. No quisiera violencia en mi negocio. ¿Quién habla de violencia? Farfulló Gris. Angelita atrás se estrujaba las manos. Si nos vamos a enfrentar prefiero que sea afuera, pidió el ingeniero, decidido. El Gori lo fintó con la izquierda que el otro no se tragó y lo recibió con un derechazo en el vientre que lo dejó amarillo. Uggg. Personal y clientes se volvieron. Dos de los empleados cogieron barras de metal para auxiliar a su patrón, pero Gris los detuvo. Calmados, morros, es un asunto particular y así debe resolverse, vuelvan a sus lugares. Constantino aprobó con un gesto.

Blake esperó que su rival se recuperara y se le echara encima. Con mi familia no te metas, pendejo, incluso permitió que le asestara un par de manazos en la cara, pero lo golpeó otra vez en los bajos y en la barbilla tan fuerte que el Gori se tambaleó. Gris se metió entre ellos. ¿Dónde estuvo la noche del crimen del doctor Manzo, señor ingeniero? Blake sudoroso y triunfante echaba fuego por los ojos. No se lo diré, ¿es retrasada mental? El Gori volteó el escritorio, rompió dos lámparas y estrelló el teléfono en el piso. Por lo que le hiciste al jefe, cabrón, de lo mío ya trataremos. Los jóvenes de nuevo intentaron intervenir, pero Gris los amenazó con regalos de Navidad que quizá no merecían. Los clientes no perdían detalle, asombrados, animosos y muy atentos; los empleados:

¿Quién es esa vieja que se la da de cabrona? Tampoco comprendían.

Le pido que con esto sea suficiente, murmuró Blake. El señor no puede conmigo y no le voy a decir dónde estuve esa noche, tampoco maté al idiota de Manzo; como puede darse cuenta, no hubiera necesitado arma de fuego, un golpe en el lugar preciso y ya. Usted no estuvo en su casa esa noche, señor Blake, Gris mantuvo el tono íntimo, Angelita tomó al Gori del brazo y lo sacó del lugar trastabillando, algunos clientes salieron después de comprar, en la calzada el tráfico era intenso. Es verdad, pero no fui a matar a ese tipo a las ocho de la noche. ¿Cómo sabe la hora? Lizzie me contó. Se miraban a los ojos. No me satisfacen sus respuestas, señor Blake, ya nos veremos. Si trae una orden de un juez en vez del orangután tal vez le cuente algo, pero no lo que usted espera escuchar. Entonces el retrasado mental es usted.

Gris salió bastante irritada. El Gori esperaba en el asiento posterior, abatido, maltrecho. Hey, deja esa cara, el tipo te respeta, me dijo que sabe que eres el mejor y que no quiere nada contigo; fue campeón nacional de *kick boxing* y se acaba de retirar invicto, pide que lo disculpes y que ahí muere, el Gori se animó ligeramente. Que vaya y chingue a su madre, el puto, lo último que haría en la vida sería disculparlo, el cabrón no solo me ha madreado dos veces, sino que también le dio al Zurdo, ya lo agarraré en mi terreno. Es una bestia, y el jefe tan bueno. Dame dos días y te lo pongo en la jefatura. Te cae si no. Las mujeres sonrieron. Vamos a Forum, pues. Gori, ve pensando qué quieres de regalo de parte del jefe Mendieta. Quiero una botella de tequila y un cartón de cerveza. Hey, no puedes emborracharte, ¿qué tal si te encuentras a Blake? No te preocupes, Gris, para pistearme necesito tres veces eso.

Luego se puso serio. ¿Cuándo me metí en esto? Entrenaba para luchador, no tenía para comprar las mallas y enfrentar a mis adversarios, menos para hacerme una máscara. Fue cuando conocí al Zurdo, éramos muy morros, y no batalló para convencerme de trabajar en la poli. Al principio le rompía los huesos a los malandrines que no querían confesar, después aprendí dónde golpear y con qué fuerza; todo iba bien hasta que encontré a este puto, ¿a cuántos habrá madreado? También se bailó al Zurdo; pobre jefe, trae el pecho vendado, la cara hinchada y un ojo cerrado; creo que no podré con ese bato, es muy rápido y sabe cómo y dónde pegar; al menos que le meta un balazo.

La detective encendió el estéreo: Air Supply: *Making Love Out of Nothing at All.* Vio que Angelita cerraba los ojos; tomó la calzada sintiendo que cada vez quería más al Rodo. Pinche Rodo.

Veintisiete

Se encontraron en la casita del jardín en la mansión de Colinas de San Miguel, el sitio favorito de su padre para recibir invitados. Nochebuenas y algunos motivos navideños a la vista. Luz suave. César entró corriendo a despedirse: iba a Altata con Minerva y tres guardaespaldas. No hagas enojar a tu abuela, eh, pórtate bien. Mamá, te quiero mucho, la besó y salió apresurado. Nueve años. Olía a Fahrenheit for men. En el césped Luigi se mantenía atento a la puerta cochera: si su ama llegara tendría que ser por allí. Un joven sirvió dos whiskies con hielo y sin más dejó la botella. Te ves algo golpeado, Zurdo, ¿qué te pasó? Me resbalé con una cáscara de uva. Samantha Valdés movió la cabeza significando: no tienes remedio. Bueno, lo primero, expresó; el detective esperaba incómodo, con la mente en blanco. Felicidades por Jason, sabemos que es un buen muchacho, sin duda llegará lejos. ¿Lo saben? Es un chico popular, buen estudiante, campeón de la milla y con posibilidades de ser olímpico. ¿Qué trae esta mujer en la cabeza? Bebieron. Muy hermosa la madre, ¿eh? Y vaya que se conserva. Tiene un retrato que sufre la vejez por ella, ¿en serio estás enterada? Es una ciudad pequeña, y como dice mi mamá, todos somos vecinos, varios sicarios vigilaban desde puntos estratégicos en el jardín, levemente iluminado; el perro quieto. Lo segundo, Zurdo Mendieta, apuró el resto, su rostro habitualmente áspero se aflojó, mirada de filigrana. Mataron a Mariana. El detective se impactó, sintió que abría los ojos en exceso porque el lastimado le dolió. La mataron, Zurdo Mendieta, en Mazatlán, el sábado antepasado. Estábamos allí, la dejé un rato sola en su habitación y cuando regresé tenía un balazo en la cabeza. El detective llenó el vaso de su anfitriona que bebió hasta el fondo, le escanció de nuevo y también a sí mismo. Esa mujer era un pan con leche, una persona que quería servir, hacer un hospital para niños con cáncer y dispensarios en los barrios pobres. Silencio para pensar en nada. Pierdes un hombre, Zurdo, y la vas pasando, escuchas canciones melosas y ya, pero perder una mujer es perder un pedazo de uno mismo, un pedazo muy grande, ¿me entiendes? Silencio. No pienses que es una costilla o el hígado, como dicen, es un trozo de corazón o de alma, no sé. ¿Fue en un hotel? El Estrella Reluciente, planeábamos quedarnos allí un par de días, pero ya ves, Dios también se equivoca, bebió. Quiero que encuentres al asesino y me lo entregues. Samantha, respeto tu dolor, me consta que Mariana era buena persona, pero no soy detective privado, soy placa y como me dijiste una vez: de los más pendejos. ¿Crees que no sé lo que eres, que no recuerdo lo dura que he sido contigo? Bebió de nuevo. Ya una vez te invité a estar cerca de nosotros y quedaste en pensarlo. Silencio. Te lo pido como un favor personal, se puso de pie, oteó a través de los cristales que daban al jardín. Ella te apreciaba, me lo decía sin venir al caso y yo me siento muy mal, se volvió al detective. Hay un hueco a mi lado que no sé cómo llenar, Zurdo Mendieta, me siento jodida, más muerta que viva, peor que ese pobre animal que ves allí. El Zurdo bebió, no quería involucrarse, pero se turbó, los ojos de Samantha, aunque sin llanto, brillaban. ¿Fueron de fin de semana? Más o menitos. La mujer regresó a su silla. Sé que no eres ambicioso, que no te interesa demasiado el dinero, sin embargo, quiero que sepas que puedes pedir lo que sea, quiero al criminal en mis manos a cualquier precio. O a la criminal, Samantha afirmó. ¿Avisaste a la policía? No, y prohibí a los del hotel que lo hicieran. ¿Ustedes organizaron las matanzas? El poder se alimenta de sangre, Zurdo Mendieta, lo entiendes, ¿verdad? No, y no quiero que me lo expliques. Silencio. Me está cargando la chingada y sé que con mis métodos no voy a avanzar; así que te necesito, te necesita Mariana, cabrón. El Zurdo cerró los ojos y apuró su trago. ¿Cómo supiste lo de Jason? La chica con la que fue a Altata es hija de uno de mis hombres, en algún momento le habló de ti, ella le contó a su padre y el Chino, a mí. Mendieta se miró las manos.

¿Habrán usado la habitación donde murió Mariana? Aún no, Max te dará los detalles. Dame una camioneta blanca con vidrios claros y dinero para llevar técnicos a Mazatlán. Cuenta con ello. Una cosa más: suspende las carnicerías. Lo observó. ¿De veras crees que podemos hacer eso? No, pero me ayudaría a comprender lo que la extrañas, siempre tuve la impresión de que era una pacifista. Eres un cabrón. Gracias por lo de Jason, ¿no es demasiado riesgo que tu niño vaya a Altata? Sabes que sí, pero no quiero privarlo de algunas cosas; espero no arrepentirme. Y que la noche ayude. Exacto. ¿Cuántos días tenían en el hotel? Unas horas, fuimos a una reunión privada para llegar a acuerdos y evitar la guerra, pero, como ves, me quitaron toda intención de negociar. Ya veo, ¿sospechas de alguien? De nadie en particular, pero no puede ser cualquiera; he pensado mucho y no llego a ninguna conclusión; sé que es inevitable dejar heridas, de muchas ni cuenta te das. ¿Qué me dices del grupo de Eloy? Veo que empiezas bien, lo que no me explico es cómo llegaron a ella. Descubrirlo será nuestro trabajo. Se dieron la mano. ¿Crees tener algo para Navidad? Para Santa Clos nomás me falta la barba. Y la panza, por cierto, espero que disfrutes tu regalo, hizo una seña y entró Garcés. ¿De qué hablas? Hizo un gesto de que no importaba. Suminístrale lo que necesite, y tú, Zurdo Mendieta: gracias por aceptar. Garcés invitó al detective a seguirlo.

En el pequeño despacho de Ulises, el contador. Tú dirás, mirada negra, fría, pendenciera, Mendieta repitió sus requerimientos. Garcés le dio un fajo de billetes de quinientos pesos y otro de dólares de cincuenta. Si no te alcanza mandas a uno de los plebes por más. ¿Qué plebes? Te pondré dos por lo que se ofrezca, uno de ellos es tu amigo.

¿El Diablo Urquídez? Exacto. Que se traiga a su mujer, espero que no te moleste que les dé unos días para su luna de miel. Por mí está bien, pero sin descuidarse; el otro es el Chóper Tarriba, muy amigo del Diablo y de mi confianza absoluta. Que los dos tengan claro que el que manda soy yo, Garcés sonrió con ironía. Por cierto, seguimos pagando el cuarto de Mariana y el de la señora, ¿es bueno, verdad? Espero no encontrar tus huellas en algún lugar comprometedor, ¿sabes qué arma usaron? No encontramos ni cascajo ni ojiva, ojalá ustedes tengan mejor suerte. Comentó la jefa que tuvieron una reunión privada, debo saber con quiénes. No estoy autorizado para informar sobre eso. ¿En serio? Pídeselo a ella, aunque no creo que te sirva de mucho, fue gente muy leal. De leales están llenos los panteones; oye, me habló de un regalo, ¿sabes algo? Ah, se trata del gringo que te madreó. Qué con él. Le dimos piso, y no te preocupes por el cadáver. El Zurdo se tocó el pecho adolorido para no sentirse culpable. ¿Algún tipo de camioneta? Una en que podamos viajar cinco o seis personas con comodidad y transportar un par de maletas con equipo. En dos horas la ponemos en tu casa. Si no estoy dejas la llave en el piso junto a la puerta; dile a los plebes que nos vamos mañana a las siete; si se retrasan, que nos alcancen en el hotel.

Con el poder de los billetes verdes, al día siguiente se hallaban Ortega y dos de sus especialistas auscultando minuciosamente el lugar. El detective no pestañeaba, entraba y salía de la habitación por la puerta del pasillo y por la que comunicaba con la de Samantha. Se detenía en medio de la pequeña sala donde se cometió el crimen, paseaba la mirada, se acercaba a la ventana, inspeccionaba el mecanismo para abrirla por dentro; en la vecina hacía lo mismo sin encontrar diferencias. No había aromas gratos. Gris Toledo llegó de interrogar al personal y observó minuciosamente. Ambos coincidieron en la ventana que se cerraba con un mecanismo muy seguro como un punto a considerar. Mendieta anotó en su libreta y Gris tomó fotos del espacio. Luego salieron al jardín que se prolongaba en campo de golf. Contemplaron la fachada donde se hallaba la ventana de la habitación estudiada: lisa, dos pisos arriba y uno abajo. El sicario encargado de vigilar no reparó en nada diferente ni vio a nadie, eso le contó Garcés, igual conversarían con él al regreso. Señor Mendieta, estoy aquí para lo que se ofrezca, el Chóper se presentó, era bajito, de unos veinte años, mirada abismal. Por el momento mantente alerta, ¿el Diablo siguió mi orden? Como de rayo. Bien, vigila, ponte bajo ese árbol de hule y si ves al asesino volver al lugar del crimen, acreditarás un hecho inaudito en este tiempo, el chico sonrió y se alejó. Gris, ¿tenemos lista de huéspedes? Tenemos: Cincuenta y tres habitaciones ocupadas por gringos y canadienses, veintidós en la misma fecha reservadas por el señor CP, de todos solo queda una pareja de gringos ancianos. Ese CP y su gente, ¿cuántas noches estuvieron? Una, el día del asesinato entraron después de las tres de la tarde y salieron antes de las diez de la noche, la mayoría estuvo alrededor de cinco horas; al menos así dice el informe. Interesante, ¿tiene domicilio, teléfono, correo electrónico o algo para localizarlo? Nada, todos esos datos están en blanco y la gerente de ventas dice que lo ignoraba, que así se lo pasaron de Reservaciones; en Reservaciones no se explican por qué se omitieron esos detalles. Todo menos caso imposible, reflexionó el detective. ¿Te gusta para que sea el Cártel del Pacífico? Qué descaro.

¿Los gringos están en su habitación? Cuestión de verlo. Gris vio la lista, se adelantó seis puertas y tocó. Abrió un señor delgado de unos setenta y cinco años. Buenos días. *No spanish*. Gris hizo señas de que esperara un momento. Jefe, no hablan español. ¿Y arameo? Apenas lo están estudiando, ¿qué hacemos? Mendieta pensó un instante y marcó a su casa. Ger, busca a Jason y pídele que me llame. Aquí está, Zurdo, vino a desayunar, ¿y usted, dónde anda? En Mazatlán, pásamelo. Como su carro está aquí me asusté, ¿ya no le duele el pecho? Estoy bien, gracias.

¿Qué pasó? Respondió Jason. Estoy en Mazatlán en una investigación, tengo dos gringos mayores, blancos, que no hablan español, quiero que les hagas estas preguntas, las expresó. Entiendo, pásamelos.

Momentos después Jason le informó que ella era sorda, que se recogían al atardecer, que jamás habían escuchado disparos, que no tenían idea de un cadáver a unos cuantos metros de su cuarto y que la señora veía una película de Frank Sinatra. Quedaron de verse por la noche.

Bien, conozcamos la azotea. Pasillo elevador escalera. Encontraron recién impermeabilizado y algunos restos de comida para llevar. Se detuvieron antes de llegar a la cornisa en dirección a la ventana. Gris, será mejor que llames a Ortega, localiza al jefe de mantenimiento y pregúntale cuándo impermeabilizaron.

¿Qué hay aquí que no veo, que no siento, ni huelo? Recordó una película donde un ladrón descendía con una cuerda muy fina dentro de un museo. Algo parecido hace Tom Cruise en *Misión imposible*, pero ese güey está loco, y el que se echó este jalecito no está muy cuerdo que digamos. Todo homicidio posee una historia que implica un misterio, ¿cuál es en este caso? Qué quieres, maricón, ¿no te cansas de estar chingando? Tal vez se descolgó el criminal, quiero que veas si hay huellas y si esas huellas nos dicen algo. ¿Vamos a atrapar al hombre araña? Órale, Ortega observó, hizo fotos del piso y de la cornisa que acusaba un pequeñísimo canal en la esquina quizá producido por una cuerda delgada. Lo cubría el impermeabilizante, pero Ortega era pinto viejo y lo descubrió quitando la reciente capa negra con una navaja.

Impermeabilizaron el domingo pasado, informó Gris. Entonces las huellas en el piso no corresponden, afirmó Ortega, que hacía inspección minuciosa del canal y con su navaja dejaba al descubierto una antigua perforación de seis centímetros sobre el concreto también cubierta. Miren esto. Los detectives se acercaron. Pudo haber empotrado una cuña unida a una cuerda muy fina y descolgarse hasta la habitación, concluyó Mendieta. Oye, qué bien funcionas, eh, se ve que el hijo te ha motivado. El Zurdo observó la pared desde el punto en que estaba la horadación: coincidía con la ventana. Gris le hizo una foto. Igual que a ti; te vamos a dar espacio para ver si encuentras algo más. Gris, reúne a los que hacen el aseo en el exterior y a los jardineros y ve si toparon con algo; buscamos un equipo de rapel y quizá prendas de vestir. ¿Cree que se camuflachó? No, pero me está latiendo esta ruta para que nos lleve a algún lado. También pudo escapar vestido, ¿por el suelo?, ¿por la pared? O por el elevador. ¿De qué color es la pared? Ladrillo, respondió Ortega. Jefe, el color del uniforme del personal es también rojizo con el nombre del hotel en negro.

Dicen que la vida está en otra parte.

Veintiocho

Cuernavaca. Ugarte dormitaba inquieto en una habitación cómoda con una gran ventana que daba a un jardín de setos, buganvilias y flores diversas. Varias macetas de nochebuenas realzaban lo rojo. Sus dolores y su palidez eran extremos. Fue inevitable enterar a la familia: lo siento; María, su mujer, se lo tomó con estoicismo, de alguna manera lo sabía y compartir con un hombre tan misterioso la había preparado para instantes como este, pero Francelia, su hija, no; consideraba que su padre era especial, que había hecho servicios invaluables a la nación y no merecía morir tan joven; ni siquiera festejó sus sesenta, lo había dejado para diciembre y ahora alegaba que ocurrían demasiadas fiestas, que mejor en enero, ¿enero? Tal vez no estaría para contarlo, para contarle, como le había prometido, y nada más fatal para ella, que soñaba seguir sus pasos.

Fue la joven quien lo interrumpió. Pa, te llama el general Alvarado, apartó la pequeña Biblia que tenía sobre el pecho y tomó el inalámbrico.

Se escuchaba suave *You've Got a Friend* con James Taylor. Tres horas después se hallaba frente al secretario en el octavo piso, en la suite presidencial del hotel Four Seasons México, en el DF. Hombre uno, Hombre dos y Hombre tres se mantenían de pie a prudente distancia. Trajes oscuros. En la pared fotos de jirafas y elefantes. El secretario bebía vodka y él tenía cerca un vaso de cerveza que no probaría. ¿Qué pasó en esa reunión, señor Ugarte, se volvieron locos?, ¿ha visto cómo se ha incrementado el número de muertos?; ¿qué ocurrió realmente, decidieron desquiciar el país? Porque no me satisfacen sus informes y tampoco al presidente; al día siguiente amanecieron colgando seis cadáveres de un puente justo en Mazatlán, donde se reunieron, ¿por qué nos ocultó que el acuerdo era atacar? No hubo tal acuerdo, señor secretario, le dije exactamente lo que hablaron y no percibí ninguna actitud en el sentido de aumentar la violencia o de desobediencia contra ustedes. Pues el señor presidente está inconforme con su trabajo. ¿Y con el suyo no? Es cosa que a usted no le importa, y repítame los nombres de los que se hallaban presentes. Estuvieron representados todos los miembros del Cártel del Pacífico: los nombres usted los conoce mejor que yo. ¡Escúcheme, Ugarte!: usted me caga los huevos, considero la operación un fracaso por su culpa; se lo dije al presidente y también a su protector. Ugarte se puso de pie. Entonces no tenemos nada que discutir, debía decirle lo que se habló allí, quiénes asistieron y qué fue lo que hice, no es mi trabajo llegar a conclusiones o decidir planes de acción, y si la violencia se acrecentó usted debe saber por qué, para eso está en ese puesto. Usted no me va a decir cuáles son mis obligaciones, James Bond de mierda. Ni usted me va a humillar como si fuera un imbécil y le estuviera saliendo muy bien su guerrita. Cállese y siéntese. Hombre uno y Hombre dos con automáticas en sus diestras lo tomaron de sus brazos y lo sentaron. ¿Quién es usted, Ugarte? No encontramos su nombre en ningún archivo de Servicios Especiales como nos lo vendió Alvarado; ¿realmente se llama Héctor Ugarte? Los ojos del agente se encendieron. Como comprenderá, no responderé su pregunta, usted debe saber quiénes habitamos este país; si no es así, no me explico cómo pretende tener el control. ¿Qué maquillaje usa? Porque algo deja notar, los Hombres sonrieron, pero no se movieron, uno a cada lado del señalado, que tenía un ligero temblor de labios y empezaba a sentir náusea y un debilitamiento atroz superior a la rabia. El secretario bebió hasta el fondo. Hombre tres le sirvió de inmediato. ¿Por qué ahora bebe vodka? El funcionario sonrió. Esa noche en Mazatlán aconteció algo que usted debió advertir. Consigné lo que se me pidió registrar e informé a tiempo. Sí, y de inmediato se largó. Igual que todos. ¿No supo que mataron a la novia de la señora? Tomó un tiempo prudente para responder. ¿Es eso? No supe y desde luego no me concernía puesto que no acaeció en la reunión. Pues eso fue lo que disparó la violencia. Qué brillante. Quiero saber si usted observó algo raro, o a alguien que se atreviera a provocar a Samantha Valdés de esa manera. Lo mío era asistir, escuchar, informarle a usted y desaparecer de inmediato, no puse atención a otra cosa y por supuesto, allí nada se notó. El secretario bebió hasta el fondo, luego miró a su interlocutor con desprecio: no quiero volver a verlo en mi vida. Ugarte se puso de pie aguantando sus dolores y se marchó con dificultad; al bajar del elevador fue al baño y vomitó; después, más pálido que nunca, se dejó guiar por un yucateco de guayabera verde que lo condujo al auto y luego a su casa en esa ciudad tan bella.

Difícil ser lo que se es, chesperió, mientras tomaban Paseo de la Reforma, convencido de que el plazo se acortaba, y de que cada acción tenía su reacción. Abrió los ojos y ahí estaba, más visible que nunca, la única que carecía de prisa. La avenida se hallaba excesivamente iluminada. Cierto, diciembre es un mes de muchas fiestas.

Veintinueve

Se reunieron en un pequeño salón del hotel. Todo fue normal: nombre, ocupación, dónde se encontraban entre siete y nueve de la noche el día del crimen, hasta que llegaron al Coruco, un hombre delgado, de bigote leve, que era capaz de crear jardines en los arenales más inhóspitos. Yo me acuerdo de ese día, estaba trabajando en los rosales que crecen atrás del hotel y el ama de llaves me pidió dos docenas de rosas, las más rozagantes, porque eran para el privado donde se reunirían los pesados. ¿Reunión de pesados, dónde? Mendieta intercambió un gesto con Gris. Ustedes son polis, ni modo que no sepan. ¿Cuándo? No me cabulee, mi jefe; total, llevé las flores como a las siete y media, me tomé una coca y regresé por mis cosas porque era mi hora de salida; todavía podé un par de rosales porque hacerlo de noche es mejor, entonces escuché ruido, algo había caído en un bote de basura que estaba cerca, casi pegado a la pared. Pensé que venía del techo y fui a ver: era un uniforme hecho bola. ¿Igual al tuyo? Del color que usamos nosotros, pero me pareció más fino; me fijé en la azotea pero no vi a nadie. ¿Lo conservas? No, lo chequé y lo dejé en el bote y quién sabe dónde estará, todos los días sacan las inmundicias. A ver, señores, ¿quién de ustedes lanzó un uniforme del techo? Cuál, si nomás tenemos uno. Y salimos a las siete, este porque es un clavado, hasta platica con las plantas. A mí hace dos años que no me dan uniforme. Parlotearon cinco o siete a la vez. Okey, regresen a sus labores, solo el Coruco se queda. Acaben con la violencia, mi poli, ya chale con tanta matazón. Te lo prometo, será tu regalo de Navidad. Está muy flaco para Santa Clos, mi poli. Pa mí que es puro pájaro nalgón. La que está muy bien es su compañera. Más que como poli habló como político, y esos, de plano, están cajeados con nosotros.

A ver, Coruco, ¿viste alguna sombra, escuchaste alguna voz, algo que te llamara la atención? Nada, todo estaba calmado, de vez en cuando pasaban guaruras de los pesados, pero nada más. ¿Pudo alguien dejar caer el bulto de una ventana? No, allí no hay ventanas, lo dejaron caer del techo, no hay de otra. Tocaste la tela y te pareció fina. Mi amá era costurera y de morro le ayudaba a cortar, y casi siempre las telas suaves son más finas que las rasposas. Órale. ¿La oliste? Cómo cree, no estoy pirata, lo tomé por curiosidad, por si le habían hecho una broma a alguien. ¿Qué tipo de broma? Gris observaba. Que le hubieran tirado el uniforme, nudos en las perneras, quemaduras: la raza no se aguanta. ¿Qué hora sería? Ya habías llevado las flores. Las ocho, más o menos. ¿A quién le entregaste las rosas? Había dos compas cuidando, uno de ellos las tomó. ¿Has estado preso en tu vida? Jamás, soy honrado. Pues puede ser tu primera si nos ocultas algo o nos mientes. Eh, mi poli, no se ponga picudo, le estoy diciendo la neta. ¿Adónde tiran la basura? Dos veces al día viene un camión y se la lleva al basurero municipal. Feliz Navidad, Coruco. Gris interrogó. ¿Pudiste ver el color y el tamaño del uniforme? Color rojizo como el mío, y tamaño normal, imagínese un compa que no era chaparro pero tampoco alto, y no tenía emblemas como estos, señaló el símbolo del hotel y el nombre de la cadena a la que pertenecía. ¿Crees que era gordo? ¿Usted cree que me clavé tanto? Pues no.

Acompañados por Ortega fueron al sitio donde estaba el tacho de basura que era ancho, se colocaron donde Coruco trabajaba y en efecto, la vista de la azotea era imposible. Luego subieron y vieron el bote desde arriba. Ortega buscó huellas, pero todo estaba impermeabilizado. Estuvimos en la sala de juntas y es un espacio cerrado, incluso sin ventanas. Okey, Gris, consigue que vengan los impermeabilizadores, a ver si vieron algo.

Eran dos: un viejo y un joven. Había basura, pero nada en especial. Buscamos un billete de mil pesos, ¿lo viste tú? El viejo dijo que no. Entonces tuviste que ser tú. A mí que me esculquen. ¿Ah, sí? Llama al Chóper, pidió el detective a su compañera, y al joven: Es nuestro mejor esculcador, ya verás cómo te hace recordar hasta lo que no has vivido. Los trabajadores se miraron. Vamos, Pulpo, si tienes algo dilo, si no te van a madrear gacho. El joven se volvió al Zurdo. Jefe, sí, vi algo, más bien me llevé algo; una polea y un mecanismo para bajar y subir con un motorcito que funciona a control remoto que apenas se oye el zumbido; estaba abajo, junto a la pared, cerca del bote de basura. ¿Lo viste desde la azotea? Sí. ¿Dónde lo tienes? En mi casa.

Chóper apenas había llegado al lugar. Anda por el Diablo y acompañen a este muchacho a su casa, les dará un mecanismo de rapel, vean que esté completo. Minutos después Ortega se acercó. Estamos listos, solo falta que traigan la cuerda que, aunque esté llena de huellas de Jack el Destripador, quizás encontremos algo. Espérenme en el lobby. El Zurdo bajó a las habitaciones de Samantha y Mariana. De nuevo observó detenidamente, aparte del mobiliario normal de las suites no descubrió nada. La mancha en la almohada, sin señas de violencia, ¿Y si la hubiera matado Samantha? Imposible, pude ver la pesadumbre en sus ojos; estoy seguro de que es incapaz de sufrir por los muertos, al menos no la vi afectada cuando murió su padre, ¿y Garcés? Tampoco, hay perros que mueren por sus amos y él es de esos. Entró al baño y no le mostró nada: todo en su sitio. Se acercó a la ventana, comprobó que era firme. Si el asesino llegó por aquí y la descubrió abierta no tuvo problemas para entrar, más si Mariana se encontraba en el baño; la hallaron envuelta en una bata, ¿y si estaba cerrada?

Se ve que el mecanismo es seguro. Los gringos son muy ancianos y solo salen a pasear, a esa hora él se hallaba dormido y ella, que es sorda, veía una película de Frank Sinatra. No escucharon ruido y ni se enteraron de un cadáver a unos pasos de su puerta. La ventana solo se abre por dentro, probó. Y no existía raspadura o señal de violencia, también habían recogido el casquillo y la ojiva. Un profesional. Pinches profesionales, cada vez son más cabrones. Repasó cada rincón de ambas habitaciones y dejó que su imaginación se recargara. Permaneció quieto. Por todas partes se distinguían las huellas de los técnicos; sin embargo, algo flotaba en el espacio que no podía develar; ¿qué? Ni puta idea.

En el lobby. A ver, mi Diablo, tu jefa no aclaró suficiente este punto, ¿hubo aquí un cónclave de pesados o algo semejante? ¿No le dijeron, mi Zurdo? Hubo una reunión de jefes para ver cómo manejar el asunto de la guerra. ¿Qué jefes? Los que forman el Cártel del Pacífico, fue el sábado a las nueve y mientras se hacía la reunión le dieron cran a la señorita. Por eso te sacaron de tu boda. Me tocó traer a los muerteros de la San Chelín. ¿Viste el cadáver? Estaba bocabajo, cubierta con una sábana, debajo de la sábana tenía una bata que le cubría de los pechos a las nalgas. ¿Viste el orificio en la cabeza? Para mí que era de .45, entre ceja y ceja. ¿Viste el cascajo? Ni yo ni nadie, le digo porque pregunté; cómo ve, todavía me queda algo de placa. El Zurdo anotó el dato en su libreta y añadió: sometió, cubrió boca, disparó. ¿Notaste en alguno de los guardias actitudes extrañas? El que camellaba abajo estaba muy nervioso, parece que el jefe Max lo ajustó, pero quizás él no tuvo que ver, es torpe y de mala puntería, algo distraído pero fiel; es bueno con el cuerno, lo hubiera visto esa noche matando cabrones, incluso colgó a tres de los seis que les tocó esa onda. ¿Dónde está? En Culiacán. ¿La estás pasando bien? Machín, mi Zurdo, machín, por cierto, ya me dijo mi suegro que trae freno de mano y que está muy guapa. El Zurdo se agachó, Gris sonrió. Mi Diablo, quédate esta noche, que se quede también el Chóper. No puedo hacer eso, mi Zurdo, tengo que seguirlo adonde vaya. Aquí el que da las órdenes soy yo, ¿no te lo advirtió Garcés? Muy claro, que usted mandaba. Pues mando que se queden y mañana los quiero a las dos de la tarde en Culiacán. Gracias, mi Zurdo, luego se ve que usted fue joven. ¿Me ves muy viejo, cabrón? Está muy bien, pero, digo, ¿y esos golpes? Después te cuento; fierro Gris, vamos adonde nos traten como gentes. Ortega y su equipo esperaban en la camioneta.

¿Qué era lo que no percibía?

Treinta

Dos camionetas negras, una con orificios en el chasis, recorrían la calle principal de Aguaruto. La gente caminaba por las calles buscando regalos o aditamentos para terminar de adornar sus casas. Se detuvieron frente al consultorio del doctor Fernando Sáinz, cirujano dentista, UNAM. El Tío Beto llamó a la puerta de cristal sin que nadie acudiera. La tienda de enseguida, especializada en empaques para regalos, se hallaba abierta. Buenas tardes, sabe a qué hora abre el doctor. Uy, señor, hace una semana se fue de vacaciones a Mazatlán; regresa hasta el 2 de enero; si le urge, hay otro dentista dos cuadras adelante, es mi sobrino y seguro está allí. ¿Lo recomienda? Ampliamente, vaya y vea cómo quedará contento, ese muchacho es una eminencia.

El Tío Beto manejaba, a su lado la Tenia Solium, muy demacrado. Pinche dolor me está matando; te juro que si me hace un buen jale lo dejo vivir. Te lo hará, jefe, te lo hará, su tía dijo que era una eminencia, al fin vas a salir de ese martirio. Puta madre, nunca me había sentido tan jodido, Tío Beto, y todo por una pinche muela macuarra. Hay partes del cuerpo muy cabronas, ¿verdad? Atrás, Valentillo iba concentrado, en ese momento terminaba una cartulina que pensaba dejar en el próximo cadáver: *Por rata / pleves no anden de rovacarros.*

Pronto llegaron al consultorio del doctor que estaba también cerrado. El Tío Beto preguntó a una vecina que vendía frutas y verduras. ¿El doctor? No ha venido, debe andar en Culiacán; le gusta empinar el codo y a veces dura una semana borracho, ahora apenas lleva tres días. ¿Tiene casa? Pero no está, es mi cuñado, por eso sé que está en Culiacán en alguna cantina tomando cerveza. ¿Sabe en qué cantina? En la primera que encuentra se mete, es un hombre sin gustos, y no se va de ahí hasta que lo sacan; pobre de mi hermana, la ha hecho ver su suerte.

Jefe, si encontramos este cabrón borracho, le damos cran. Pero que primero me saque la pinche muela, Tío Beto. Ya tengo lista la cartulina, apá. En la banqueta, dos niños jugaban a los vaqueros vestidos de Santa Clos. La Navidad había llegado.

Treinta y uno

César trataba de animar a Luigi: le lanzaba pelotas, platillos, huesos, y nada; saltaba y gritaba frente a él y el perro inconmovible; tampoco comía, todos los días los guaruras le acercaban guisados o croquetas y jamás las probaba; lucía flaco, triste y acabado, solo le interesaba la puerta de la calle. Esperaba. Uno de los jóvenes que creía que no se iba a reponer, en voz baja proponía meterle un tiro: Así no sufrirá el pobre; le aconsejaron que no lo volviera a mencionar. En la cocina sonó el celular de Samantha Valdés; se hallaba con su madre que preparaba un asado sinaloense; en ese momento vertía agua caliente sobre la cebolla morada cortada en rodajas para quitarle el aroma, luego la lavaría con agua normal y le pondría jugo de limón fresco. Dime, Zurdo Mendieta, sacó una lechuga orejona del refrigerador. Mejor dime tú de qué dimensión fue la reunión que tuvieron aquí, Samantha dejó la lechuga sobre la mesa. Fue una reunión del grupo, no quiero que mi gente entre a la guerra y tengo que recordárselos constantemente; somos traficantes, no asesinos. Estarás de acuerdo conmigo en que es un universo para sospechar. Olvídate, todos son de confianza y todos fueron a la reunión. ¿Cuánto tiempo transcurrió entre que dejaste a Mariana en su habitación y fuiste con la raza? Un buen rato, quizás una hora en que estuve hablando con mi hijo, me bañé y otros pequeños detalles. Es mucho tiempo, Samantha, tengo que interrogar a esos cabrones. Imposible.

Entonces no puedo continuar. Se escuchó el crepitar del aceite. Es confidencial, Zurdo, y no creo que alguno de ellos haya sido, ya te dije. Si no me ayudas no puedo llevarte al culpable. Pero no fue ninguno de ellos, estoy segura, estábamos juntos. Pero no en esa hora, entiende. Entiende tú, si dejo de confiar en mi gente estoy perdida, ¿se te ofrece otra cosa? No, ya terminamos aquí, por cierto, gracias por el regalo. De nada, ya sabes que se te aprecia. Cortó. César, que jugaba solo, cruzó diciendo palabras amenazantes: Morirás, mañana tu foto saldrá en el periódico, contra enemigos imaginarios. Minerva hizo rodajas de los rábanos, picó las calabazas y las papas al dente, sacó la carne cocida para cortarla en cuadritos y Samantha apenas había lavado la lechuga. Si quieres mi consejo, deja que les pregunte; si ese policía aceptó trabajar contigo no creo que lo haga de mala fe. Mamá, no los olvidará jamás. Lo sé, pero si lo necesita para dar con el asesino de Mariana, creo que debes correr el riesgo; no olvides lo que nos pasó con Eloy Quintana, nos traicionó y era el hombre de confianza de tu padre, ¿qué puedes esperar de una horda de lugartenientes que son los que me dijiste que fueron a la junta? Quedaron en silencio. Samantha cortó la lechuga en tiras y su madre echó los cuadritos de carne en una sartén para que se frieran mientras picaba la zanahoria cocida. La que me da lástima es la viuda, pero ¿qué podemos hacer? Solo respetarla un poco, ¿le ponemos crema? Con el queso tierno sabe mejor, y con agua de jamaica. Una vez me contó Mariana que es muy buena contra el colesterol. Sí, ella sabía de esas cosas, ¿tienes aguacates? Me parece que no. Apenas lo puedo creer. Ay, hija, con tanto ajetreo ya no sé ni dónde tengo la cabeza.

Samantha tomó su celular y le regresó la llamada al detective. Está bien, Zurdo Mendieta, voy a llamar a mis socios, ¿alguna otra cosa? ¿Alguno llegó acompañado? No, pedimos que vinieran solos y Max Garcés se encargó de que así fuera, y en cuanto terminó la reunión desaparecieron. Quizá después necesite datos de alguno de ellos, desde luego, dejaré que tú les marques. Gracias, Zurdo Mendieta. Bueno, ahora iremos a comer algo. Ve a Villa Unión con el Cuchupetas. ¿Qué te parece el Chon, en el centro de Mazatlán? Todo pensé de ti menos que te gustara el restaurante preferido de mi padre. Él era un mito, Samantha. ¿Un mito? Ya lo discutiremos. Hasta pronto. No olvides que en cinco días será Navidad. ¿Estás convencida de que ocurrió mientras estuvieron reunidos? Exactamente, por eso no puede ser ninguno de ellos, molió pimienta negra y la espolvoreó en el caldo de la carne que serviría de aderezo. ¿Recuerdas la hora en que la viste por última vez? Poco después de las siete llegamos de la playa cada quien a su habitación, le llamé a mi hijo, me arreglé y fui a la reunión, serían las ocho, ocho veinte quizá cuando llegué con el grupo. Perdón, ¿no dormían en el mismo cuarto? Sí, pero siempre tenía uno al lado para recibir gente, dar instrucciones y para estar sola; claro que podía bañarme en el de ella, pero esta vez no fue así. ¿Escuchaste algún ruido exterior? Parece que el asesino se deslizó por el techo antes de las ocho. ¿Sí? Mira qué cabrón, nos estaba cazando; nada escuché, Zurdo Mendieta, estuve hablando con mi hijo, una llamada muy larga, y después me bañé rápido, traía la cabeza llena de arena. ¿Tienes idea de alguien que la odiara a ese grado? A ella imposible, a mí más de los que puedo recordar. Nos dijeron que vieron guaruras haciendo la ronda. Toda era gente nuestra, nadie trajo protección al hotel; fuera de allí es algo que no podemos controlar, no son pocos los que padecen delirio de persecución. Algunos trabajadores hablaron de una reunión de pesados, ¿qué no era un secreto? Pues mira, con esta desgracia ya ni sé. Okey, luego te llamo. Buen provecho.

Sirvieron.

Treinta y dos

Jefe, tengo que contarle algo. Habían dado cuenta de tres platos de camarón con pulpo y caracol como entradas y varias Pacífico frías. Prestaron atención a Gris que los puso al tanto del encuentro del Gori con Constantino Blake Hernández. ¿En serio? ¿Alguien madreó al Gori? Preséntenmelo. Pobre Gori, quién lo diría. Son los años. Hey, hey, no es mayor que nosotros, lo defendió Ortega, los técnicos a su cargo sonrieron. Tenemos que hacer algo. Y luego, ¿qué pasó? Nos fuimos de compras a Forum, Angelita, el Gori y yo. ¡Qué! ¿El Gori de compras en el Forum? Eso es grave. ¿No se estará haciendo maricón? Claro que no, ¿qué tiene que vaya a comprar un regalo? Estamos viviendo días extraños, este cabrón resulta con un hijo igual a él, al Gori lo golpean y se va de compras. Al jefe también le dejaron su recuerdo en el ojo. Es Navidad, puede pasar cualquier cosa. Como me la pinten no me parece normal. Eso sin contar en lo que andamos y en dónde andamos. *Navidad, Navidad, ya es Navidad*, el técnico cantor se hallaba presente. Mi niña bien jode con esa canción. ¿Qué hacemos con el Gori? Jubilarlo. Nada, ayer decía eso pero anoche no lo mencionó. ¿Se puede saber qué compró? Un corsé. Una tanga roja. No sean lenguas largas: compró un par de playeras para él, un perfume para su esposa y otro para su hija. Buena idea la del perfume, algo tengo que regalarle a mi vieja. También compró un regalo para usted. Ah, ¿y qué es? Le digo pero no me queme: un libro. ¿El Gori me compró un libro? Seguro es el del declamador sin maestro. No, jefe Ortega, es una novela. No creo que el Gori sepa lo que es una novela. Bueno, preguntó al librero y tampoco es tonto. Deja en paz a mi amigo, pinche loco. Qué interesado resultaste, pinche Zurdo. Es Navidad, cabrón. *Navidad, Navidad, ya es Navidad.* Comían pescado a la plancha, camarones empanizados y más cerveza. Que yo sepa el Gori jamás le ha regalado a nadie, ni en los intercambios. Pinche Zurdo, te lo estás cogiendo o qué. Hey, hey, estoy aquí. Perdón, Gris, perdón. ¿Qué novela es? *El conde de Montecristo.* ¿Es Gorda? Pinche Ortega, no hagas preguntas pendejas. Seguro es de monitos. Tu madre, güey. Señores, Gris golpeó con una cuchara su cerveza. Les hice una pregunta: ¿Qué hacemos con el Gori? ¿Tienes alguna idea? Una. Pues adelante. *Navidad, Navidad, ya es Navidad.* Te callas con esa pinche canción o te rompo la madre, cabrón. Hey, qué les pasa, tómense en serio estos días. De acuerdo, mi Gris, pero que este puto no la cante más, se la soporto a mi niña, pero a él no tengo por qué. No mames, cabrón, no es para tanto. Pinche Gori. Bueno, tenemos chamba en Culichi, ¿nos vamos? ¿Y el postre? Pide la cuenta. ¿Y el Gori? En el camino les comparto mi idea. Que se meta de monje. Que abra una academia de torturadores. Deberíamos quedarnos un rato. Imposible, tenemos trabajo en Navolato. Cabrón, es Mazatlán: La perla del Pacífico, no es cualquier lugar. Está lleno de viejas buenas. Y maricones. Es lo que quieres, ¿verdad, cabrón? Hey, por favor, respétenme, no estoy pintada. Son las seis y diez. *Noche de paz, noche de amor. El conde de Montecristo,* ¿dices? No tienes remedio, cuando decides chingar la pava no hay quien te gane. No me vaya a quemar de chismosa, eh, jefe.

Recordó a Susana: todos la amaban; esa vez que me preguntó de libros quise apantallarla y pensé que lo conseguiría haciéndome el duro; por eso le dije que no leía novelas de amor; *El conde,* más que de venganza es una novela de amor que me traía clavado por esos días; ¿qué vi y no vi en la habitación que nos daría una salida en el asesinato de Mariana Kelly? En el estéreo: *Ojalá que te vaya bonito*, con José Alfredo. Tal vez ya inventaron las balas que atraviesan paredes y ventanas sin dejar huella, siguen una trayectoria caprichosa, encuentran a la víctima, le dan cran y regresan tranquilamente a la pistola que las disparó; pues sí, ni modo que haya sido el hombre invisible.

¿Y si le digo que se quede? ¡Sí! Cálmate, pinche cuerpo, ¿a ti quién te mete? Pues yo, ¿acaso crees que es tu deslumbrante inteligencia lo que la trae loquita? No, señor: reconoce que soy el artífice, aunque ahora esté convaleciente la extraño. Ya, cabrón, déjame en paz. No le saques. No le metas. Ay.

Treinta y tres

María Leyva, rubia y delgada, fuerte, pelo recogido, tetas pequeñas, entró a la recámara donde Ugarte jugaba con la Biblia: la abría, leía las primeras frases e imaginaba que tenían que ver con su futuro, el de su familia y amigos; mujer: «He venido a mi jardín, / hermana, esposa mía; / he recogido mi mirra / y mis aromas, / he comido mi panal y mi miel, / mi vino y mi leche he bebido». Sí, he venido, he hecho mi vida de acuerdo con mi circunstancia y como sea estaré con ella y ella estará conmigo; nada fue fácil: ni el Colegio, ni la vida profesional ni la familiar. No es sencillo vivir con una lesbiana, hay demasiados días inciertos, rijosas emociones encontradas, noches de insomnio; ¿por qué nos casamos? Yo porque la adoraba y no me exigiría estar en casa; ni siquiera cuando los niños nacieron la acompañé; ella por mi alma femenina; me lo dijo siempre: Eres una hermosa y delicada mujer con pene; no sé por qué no fuiste homosexual. Se hallaba recostado en tres almohadas. Su piel se había vuelto más pálida y escamosa y pesaba menos cada día. Querido, te buscan dos señores, les he dicho que no estás para nadie, pero insisten. ¿Quiénes son? Dicen que no acostumbran tarjetas y no pregunté sus nombres porque no creí que me dijeran la verdad. Iba a pedirle que los convenciera, que no estaba de ánimo, pero ambos aparecieron en el umbral de la habitación y solo ver su semblante intuyó de lo que se trataba. Jamás los había visto y presentaban ese aire siniestro de los hombres impíos. Señora, haga el favor de retirarse. María lo consultó, él afirmó y se reacomodó en las almohadas. El de la voz se acercó un poco. Héctor Ugarte, linda casa y linda esposa, eh, y eres famoso por no serlo. Sintió un retortijón, colocó la Biblia sobre su pecho, tosió levemente. ¿Qué desean? Nosotros nada, y por lo que veo tú tampoco. Los observó: vestían traje gris y corbata oscura; morenos, pétreos, elegantes. Estoy muriendo. Lo sabemos, y gente que te aprecia decidió ahorrarte sufrimiento. Si un asesino habla demasiado quiere humillar, tiene miedo o es un cínico. Se reacomodó de nuevo en las almohadas y en ese movimiento sacó una Glock 34 y le acertó un tiro a cada uno. María Leyva, que esperaba tras la puerta empuñando una Sig Sauer P226, se precipitó en la habitación; pensaba que el acribillado era él. Contempló la escena con una ligera sonrisa, desarmó a los visitantes, uno muerto y otro herido de muerte, y preguntó: ¿Y ahora? Ugarte transpiraba con los ojos cerrados y la mano armada sobre la cama. ¿Y Francelia? Con unas amigas. Llámala, que nos alcance en la Ciudad de México, que coja un taxi hasta la UNAM y nos espere en la entrada al campus, por la Facultad de Filosofía y Letras, avenida Universidad, lleva su pasaporte y lo que tengas de efectivo. Se sentó con dificultad. Ayúdame a vestirme. ¿Y estos? No tardarán en venir por ellos.

Estacionaron su carro en un supermercado abierto las veinticuatro horas y tomaron un taxi a la capital, distante setenta kilómetros. Antes ella solo había hecho una pregunta: ¿Quiénes son? No tengo idea, respondió mientras pensaba que podía ser gente del secretario o de los narcos; el primero lo odiaba, tenía gran poder y vestía a sus subordinados con elegancia; los segundos eran enemigos jurados y ahora estaban en guerra; aunque, para decir verdad, poco sabían de él, pertenecía a otra época, además, por el disfraz y su delgadez pasó desapercibido en la reunión. El Ejército no, es una institución que jamás traiciona a sus miembros, en cuanto tuviera un teléfono a mano llamaría al general Alvarado; sabía que en ese momento los suyos debían estar intervenidos. Ahora lo importante era poner a salvo a la familia, su hijo seguía en Nueva York viendo musicales, por lo que no era problema inmediato; debían sacar a Francelia y María se escondería con él, hasta que la enfermedad lo finiquitara o siguiera la tradición militar de pegarse un tiro en la cabeza. ¿Será el nuevo grupo del que habló el general? Si fueran, ¿por qué vinieron contra mí que estoy en las últimas? Tendría que salir del área de confort, tal vez le convendría volver a su antigua casa en Culiacán que con ese aire de abandono podría ser el lugar perfecto para esperar. Reconoció que no deseaba dar pelea, solo quería morir en su cama, el día que su cuerpo no resistiera más y él le diera ese pequeño impulso necesario. Realmente no se hallaba seguro, los católicos nos tomamos muy en serio el final.

Frío. El taxista apagó la música navideña y pronto estuvieron en la autopista flanqueada de pinos. Entraron a la ciudad de noche, llena de luces de colores. En el lugar previsto divisaron a Francelia cerca de la entrada a la Universidad Nacional cerrada por vacaciones. Subió al taxi sin hacer preguntas, pero se veía alterada, los besó temblorosa. Vestía de negro: mallas, breve falda, blusa y saco. ¿Estás bien? Yes en inglés. En la librería Gandhi cambiaron taxi. Antes Ugarte explicó la situación a su hija y la solución inmediata. La joven se quebró y sollozó en silencio, ¿Otra vez, ni en tus últimos días podremos estar juntos? Me opongo, voy con ustedes a Culiacán, si ustedes estarán seguros allá yo también. Para mí quizá sea una obsesión, un asunto de ombligo, en cuanto a ti creo que debes ir con tu hermano y protegerlo. Voz quebrada. Aramís se protege solo, pa, en Manhattan ni duerme, ya ves que quiere ser dramaturgo de musicales, pues está viendo dos al día; así que, ¿salimos por Toluca, por Querétaro o por el Benito Juárez? Por Toluca, mañana buscamos vuelo en el aeropuerto de Guadalajara. Pero estás mal. Pero estoy y es ganancia. Se abrazaron.

Una hora después cruzaban el periférico en una camioneta blanca con placas de Tlaxcala.

Treinta y cuatro

Navolato. Ciudad de agricultores, comerciantes, un ingenio azucarero y en La Flor de Capomo no aceptaban mujeres. ¿Qué? Lo que oye, señor, concretó el mesero al Zurdo. La señora debe salir. Oiga, diríjase a mí, reclamó Gris subiendo la voz. Soy la afectada, y ahora llame a su jefe. Se hallaban instalados en una mesa con sillas de madera en una cantina maloliente. Señora, no quiero problemas, no les puedo servir. ¿Qué pinche pueblo es este donde aún se discrimina a la mujer? Es la norma, además de que luego la raza se aloca y piensan que son otra cosa. Se escuchaba *Mujeres divinas*, con Vicente Fernández. Llame al dueño, cortó Mendieta francamente irritado. No los puedo atender. Ya lo dijiste, ahora ve por tu jefe. Una docena de campanitas rojas en las paredes indicaban que estaban a fin de año. El cantinero puso unos tarros escarchados sobre la barra de madera y varias botellas de cerveza abiertas. Los presentes se mantenían atentos, la mayoría trabajadores en busca de un poco de diversión barata. Y de paso te jalas a José Rodelo. El mesero, un hombre esmirriado de mandil con bolsillos donde traía servilletas y guardaba el dinero que cobraba al servir a los parroquianos, gritó algo en el fondo del local y se apresuró a llevar los tarros a su destino. Se encontraban cerca de la entrada.

Un individuo gordo y encrespado se acercó a la mesa. Señor, este negocio tiene sus reglas y la más importante es que no se admiten mujeres. Eso es vil discriminación. Así es, señora, y también estamos violando la Constitución Política de los Estados Unidos Mexicanos, pero aquí no tiene remedio, La Flor de Capomo es territorio comanche, o lo que es lo mismo: territorio masculino. Pues me va a servir una cerveza. Ni aunque sean de Gobernación y me clausuren el negocio por el resto de mi vida. ¿Qué tiene contra las mujeres? ¿Yo? Nada, Dios me libre, simplemente así son las cosas aquí, nomás para que se den color, mi mujer tiene un salón de belleza y no atiende hombres ni maricones, solo admite mujeres; un día vinieron aquí Carmen Aristegui y Javier Solórzano y ella tuvo que esperar afuera. Gris fastidiada se volvió a Mendieta. ¿Podemos ir a tu oficina?

Cuando estuvieron dentro de un cuarto lleno de trebejos y olores picantes: ¿Son polis, verdad? Queremos platicar con el Comevidrios, hace unos días mataron a su dentista y él fue su último paciente. El gordo los miró. Es un buen muchacho, siéntense, había dos sillas de plástico disponibles. Ahora va a hacer su número, en cuanto termine se los mando. ¿Podría traer o enviar un par de cervezas? Insistió Gris. Se está secando, ¿verdad? Si gustan, por ahí pueden ver el espectáculo, señaló una pequeña ventana en la pared imitación madera.

Música de fondo: Steppenwolf: *Born to Be Wild*.

Buenas noches, queridos amigos, bienvenidos a su feivorit bar.

Ya, soy yo, culeros, no se cabreen (silbatina), qué dijeron, es el Burro Van Rankin en calzones, ¿verdad? Pues no, nel, ni madres, soy yo.

Creíamos que era tu puta madre.

Ya, pinches impotentes, tranquilos, luego se ve que dejaron a su mujer con ganas; pero no se preocupen, aquí está su compa que no se raja.

Cállate, pinche presumido.

Eres puto.

La Flor de Capomo, bar, tiene el agrado de presentar

A su artista exclusivo

El único en el globo terráqueo que tiene la solución para el hambre mundial

Directamente. De Las Vegas, Nevada

El famoso

¡Comevidrios!

(*Silbatina.*)

Apareció un hombre grueso, veintisiete años, vestido de azul, con tres cervezas de media en sus manos. Se bebió una de golpe. Vienes sediento, pinche Comevidrios, le gritaron. Traga agua, cabrón, deja la cerveza pa los hombres. Rodelo mordió la boca de la botella que había vaciado y masticó despacio, como enseñan que se debe hacer. Usaba un micrófono y todos podían escuchar la molienda de cristal. Crash crash. Estás tragando pan duro, Comevidrios, no nos quieras hacer pendejos, ahí te va una botella de verdad, el parroquiano que protestó le aventó un envase tamaño caguama que Rodelo tomó en el aire, mordió de la boca y masticó con gusto. Crash crash. Le llevaron otra de tequila y lo mismo: impasible, triturando pausado, bajo las notas violentas de los seguidores canadienses de Hermann Hesse. Durante once minutos masticó vidrios ante el regocijo de la concurrencia y el asombro de los detectives. Ese cabrón está loco. Luego le mandaron botellas llenas sin dejar de gritarle: A ver si me vienes a morder lo que me cuelga, pinche Comevidrios. La voz pidió:

A ver, culeros

Un aplauso para el Comevidrios

Y su espectáculo de fama mundial.

Subió la música, Rodelo se retiró entre una fuerte silbatina y una que otra botella voladora.

Llegó con los detectives con tres cervezas. Buenas noches, le pasó una botella a cada quien y se bebió la suya de un trago. Ah, hay quienes elogian el primer trago, pero para mí todos valen lo mismo. Para nosotros también, oye, ¿cuál es el truco de tu arte? Mordió la botella y masticó suavemente. El vidrio crujía, hasta que se escuchó granulado y una vez que fue polvo se lo tragó. Buena respuesta. Rodelo sonrió. La saliva, la tengo más gruesa que los demás. Pero de vez en cuando se te clava una astilla en las encías. Por eso buscaste al doctor Antonio Estolano, que en paz descanse. Cuéntanos cómo lo encontraste, nos dijeron que fuiste su último paciente. Era un doctor buena onda, tendría unos setenta años, me sacó la astilla y me curó en cinco minutos, no quiso cobrarme; rápidamente se quitó la bata porque quería ver un partido de futbol en la tele. Me apuré a salir y, nomás; a los días me enteré de que le habían dado piso. Es interesante la manera en que te ganas la vida, imagino que te pagan bien. Estoy conforme, los borrachos nunca me dejan abajo, paso el sombrero y cooperan. Pero tienes un salario. Cien pesos diarios. Vives con una esposa, tres hijos pequeños y eres de un pueblito llamado La Pipima. Rodelo sonrió. Dejé la prepa porque me enfadé de ir a clases sin comer. Qué bueno que nos entendemos, ¿qué viste cuando saliste del consultorio del doctor Estolano? Ni a su secre porque ya se había ido. Nunca hemos tenido un comevidrios en Aguaruto, ¿te gustaría ser el primero? ¿Tan pronto me van a entambar? ¿A quién viste? Les voy a contar, prométanme que si me dan cran el gobierno se hará cargo de mis hijos, son tres. Mañana te mando una aseguradora. No se burle, no quiero que mis plebes anden por ahí valiendo madre como yo, quiero que sean profesionistas. Señor Rodelo, si le pasa algo, yo me encargo, solo deme su palabra de que no va a andar de boca floja ni poniéndose de pechito ante sus enemigos; se queda en casa hasta que nosotros resolvamos la bronca, ¿de acuerdo? Propuso Gris. Mejor llévenme a Culiacán, me gustaría actuar en el Quijote, dicen que es un bar acá, donde la raza es muy brava. Trato hecho, sonrió, su dentadura era fuerte y chueca. Cuando salí llegaron dos camionetas negras, crucé la calle, pero alcancé a ver que bajaban varios empistolados, entre ellos uno muy famoso, le dicen la Tenia Solium y cargaba amarrada la cabeza con un pañuelo; así, como cuando te duele una muela; me alejé un poco, vi salir al doctor, hablaron con él, que vio su reloj y negó con la cabeza; entonces la Tenia lo encañonó, lo subieron a una de las trocas y se lo llevaron; fin de la historia. Espera, descríbenos a la Tenia Solium. Es grueso, no muy alto, moreno, pelo corto y controla la carretera de Culiacán a Navolato. ¿Tiene algún rancho por aquí? No que yo sepa, creo que el bato es serrano; manda un grupo muy sanguinario; yo les he trabajado a la mayoría de los narcos de por acá, les gusta verme comer vidrios y se portan bien conmigo, estoy terminando una casa con lo que les he ganado; si él viviera por acá yo lo supiera. ¿Tiene familia? No sé. Caballería: Mendieta, respondió el detective. Era Quiroz. Hey, cagatinta, ¿dónde te habías metido, pinche vendido? Fui a Colombia, a un curso en la Fundación Nuevo Periodismo de Gabriel García Márquez. ¿En serio? Creí que no aceptaban primates. ¿Otra vez, mi Zurdo? Ya no me des carrilla, como debes saber también es delito grave. Qué pinche delicado regresaste, te madrearon los narcos de allá o qué. Luego te cuento, oye, ¿cómo está la onda del asesino de dentistas? Está muy bien, lleva dos, entre ellos el tuyo. Lo sé, necesito información. Ve con el comandante, ayer me dijo que te extrañaba, que no creía tener una buena Navidad sin ti. Antes de que me sigas jodiendo, te traje un regalo, es café soluble. ¿Crees que voy a tragarme tu veneno? Estás pendejo, cagatinta. Te busco mañana.

A las once tomaron la carretera a Culiacán.

Treinta y cinco

En una casa de seguridad de la colonia Las Quintas se encontró con Max Garcés. Samantha Valdés me dio la lista de asistentes a la reunión de Mazatlán, ¿tú hiciste las reservas? Max sonrió. CP. El Cártel del Pacífico, lo sé, ¿asignaste las habitaciones o se ocuparon conforme fueron llegando? Como fueron llegando les dimos su tarjeta. ¿Estuvieron solos? Eso lo checamos muy bien, nadie trajo compañía ni guardaespaldas, la mayoría llegó poco antes de la reunión y se fueron al terminar. ¿Los conocías? A cuatro. ¿Es frecuente que haya gente nueva? Desde que hay guerra nunca asiste la misma persona. ¿Te acuerdas cómo estaban distribuidos en las habitaciones? A los lados, arriba, abajo y frente a las señoras estábamos nosotros, dos habitaciones en el primer piso, cuatro en el segundo y dos en el tercero; ellas en el segundo, rodeadas, y unos gringos vetarros al fondo que no pudimos desalojar. ¿Alguno de tus hombres se encontraba en cualquiera de ellas cuando hicieron el jale? No, estábamos en los pasillos y en el jardín de enfrente, te pasé el video, acuérdate que aparece el morro que custodiaba el pasillo de la señorita en posición, le decimos Macaco, y los gringos que regresaban de pasear, el Zurdo había visto el video, pero nada le llamó la atención. No hay cámaras exteriores, pero allí vigilaba Mocoseco. Que es algo cegatón, me dijo el Diablo. No tanto para no ver a cualquiera que se hubiera acercado. Encontramos indicios de que el asesino se descolgó del techo y entró por la ventana, ¿cómo es la luz exterior? Max permaneció pensativo. Un poco débil, en esos hoteles así se usa. Utilizó un uniforme del mismo color de la pared y similar al de los trabajadores y debe haberlo hecho tan rápido y silencioso que tu guardia no lo detectó. No lo dudo, es bastante joven, quizá pasaron algunas gringas en tanga y se distrajo más de la cuenta. Max se rascó bajo la oreja. La idea de que el asesino tenga que ver con el grupo es porque sabía que Mariana se hallaba en su habitación, ¿a qué hora llegaron las señoras de Culiacán? Al hotel llegamos a las cinco, antes pasamos a comer con El Cuchupetas. ¿Tuviste personal en las habitaciones? Desde que nos las dieron. Tenemos un registro del arribo de cada uno de los del grupo y la mayoría llegó entre dos y cinco de la tarde, ¿recuerdas la habitación de cada quien? Nunca nos fijamos en eso y nadie lo anota. Dime las edades aproximadas de los asistentes. Entre cuarenta y setenta, el más joven es de Ciudad Juárez, unos treinta y nueve, y el más viejo de Tijuana, unos setenta. ¿Notaste algo extraño en la habitación del homicidio, algo que no hayas visto cuando la inspeccionaste? Nada, incluso me sorprende lo de la ventana que la consideramos segura; a la señorita le gustaba abrirlas, pero tenía la instrucción de cerrar cuando no estuviera cerca y era obediente. ¿Alguien llegó antes, digamos un día o en la mañana? No, todos después de las dos; debí poner alguien en la azotea. ¿Realmente bajó por ahí o pretende distraernos?, meditó el Zurdo. Okey, ahora pasa al guardia que se sacó la rifa del tigre.

Podría ser una pareja, ella con una tanga de hilo dental distrajo al guardia y él se descolgó para entrar por la ventana que consiguió abrir de alguna manera. Como en las películas ella osciló ante el guardia con un cigarrillo en sus labios rojos, pidió fuego, el chico sacó un encendedor y mientras se clavaba en sus tetas le prendió el cigarro. Sin dejar de coquetear ella le echó humo en la cara y movió sus pechos. Así me gusta, pinche Zurdo, que pienses en las viejas por lo calientes que son.

¿Otra vez tú? Es que apenas me estoy reponiendo de la chinga que me puso el gringo, que por cierto ya me enteré que le afectó su salud. Ya, al rato buscamos a Susana. Este es hombre no pedazo.

Soy Mocoseco. Tu nombre. Ese es. No seas mamón y dime tu nombre, con el que te registraron tus padres, Cayetano Villa Solano. ¿Qué padeces? Nada. Deja de hacerte el desinteresado, sé que tienes problemas en los ojos. Un poco, cuando está oscureciendo y hay poca luz, me deslumbro machín. ¿Te dura mucho? Un rato. ¿Exactamente dónde cumplías tu guardia a la hora que mataron a Mariana Kelly? ¿Conoces el lugar? ¿Qué tan lejos estuviste del árbol de hule? Mocoseco miró al piso. Estuve abajo un rato, luego di mis vueltas. El asesino se descolgó del techo, ¿alguna vez miraste hacia allá? La verdad: no. Empezó a sudar copiosamente. Tampoco escuchaste que alguien se deslizara. Había turistas muy ruidosos que tomaban cerveza como a diez metros. ¿Hombres o mujeres? La mayoría morras, oían música en inglés y bailaban. Mendieta hizo anotaciones en su libreta. ¿Qué tan cachondas? Uta, bien buenas, musitó. ¿Camisetas mojadas? Algunas ni traían calzones, menos camisetas. Sala con sillones verdes, ventana de vidrios gruesos por donde se colaba la luz. Temes que te maten, ¿verdad, cabrón?, te estás cagando. Para morir nací, mi poli, pero no puedo negar que me siento pa la madre, hay ratos que pienso que ya estoy muerto. Nada de esto le diré a tu jefe y tranquilízate, quizás aún no te toca colgar los tenis. Gracias, y si ya no tiene preguntas, quisiera retirarme, no me siento bien. ¿Vas a meterte un tiro? Es lo que merezco, aunque se aclare todo para mí ya no será lo mismo. Me cuentan que has estado muy bravo en la matazón que están haciendo. Es mi trabajo y sí, traigo un chamuco muy grande adentro. No te mates todavía, tengo un par de preguntas que te haré otro día. Usted me busca. Aguanta, si lo haces le diré a Max que eres el culpable. Ni lo mande Dios, eso lo haré cuando ya no me ocupe, y ahora voy al baño. Ya dijiste.

Antes de buscar a Samantha, conversó con el Macaco que tampoco había escuchado ruidos y mucho menos una detonación dentro del cuarto. Nadie se hallaba en las habitaciones inmediatas, la del cuarto piso la ocupaba una pareja canadiense, ¿por qué no se descolgó de allí? Porque hay cámaras en los pasillos; conocía el lugar; tendré que ver los videos otra vez. Ortega aún no tenía el informe. Reflexionó mientras manejaba rumbo a Lomas de San Miguel: Pudo ser cualquiera de los huéspedes, en especial los ocho asistentes a la reunión; ahora las lealtades no son como antes, vamos a ver los antecedentes, a ver quién tiene más tendencia a traicionar. Si solo ellos sabían de la reunión, alguien tuvo que contratar un profesional, esos cabrones siempre nos hacen ver nuestra suerte, pinches putos; claro, el güey subió como trabajador por el elevador, advirtió que Mocoseco babeaba viendo las turistas desnudas, se deslizó, abrió la ventana, entró, en ese momento Mariana salía mojada, quizá secándose el pelo, le metió el tiro en la frente, la acostó boca abajo; si la descubrían de inmediato supondrían que reposaba dormida; a lo mejor la asesinó en, no, lo más seguro es que ella ya había salido del baño. ¿Cómo abrió la ventana? Yo mismo vi que estaba un poco dura. Mientras Samantha y los otros discutían sus pedos, él escapó tranquilamente por el mismo sitio; claro, sabía que el Macaco se hallaba en el pasillo y que lo podían filmar. A lo mejor bajó hasta el suelo y Mocoseco clavado en las morras lo confundió con un trabajador. Lástima que no tienen cámaras exteriores, o en las recámaras. Tal vez la despachó mientras Samantha hablaba con su hijo, pediría a Gris que viera los videos. Le marcó.

Jefe, el comandante lo anda buscando. Voy en una hora, ¿tenemos algo de Ortega? Nada, debe andar levantando cadáveres, ¿ya vio cuántos muertos amanecieron hoy? No. Veintiséis, dos o tres con narcomensajes. Órale. El que está pesado es la Tenia Solium, me mandó un informe Pineda que es escalofriante. Luego hablamos de eso, dime, ¿algo te llamó la atención del cuarto de Mariana Kelly? Estoy en eso, jefe, hay algo, tengo una carcoma, no sé si del cuarto o de la azotea, pero todavía no doy. Quizá fue un criminal contratado por alguien del grupo. Si únicamente ellos sabían día, hora y lugar, es lógico. Casi lógico, medita un poco para ver si resuelves esa inquietud, yo ando igual. ¿Llamo a Ortega? Ni se te ocurra, se encabrona y nos tendría los resultados hasta el año que viene; quiero ver de nuevo los nombres de los huéspedes, sobre todo los de arriba. Ya los chequé, eran puros viejitos con artritis. En mi escritorio tengo unos videos del hotel, señalan el piso, ¿podrías verlos? Claro. Bueno, nos vemos al rato.

La avenida Obregón se hallaba llena de motivos navideños y luces.

Calibre .45, dijo el Diablo. No detecté aromas especiales; bueno, poco más de una semana después del asesinato, ni que fuera perro. ¿Sabría el asesino o asesina que iban a impermeabilizar? Ni modo de preguntarle a Samantha cuál de sus enemigos se animaría a dejarla viuda por segunda vez, tiene muchísimos; ¿por qué no?

Antes de recibir a Edgar Mendieta, la jefa del Cártel del Pacífico se entrevistó con una quiromántica de ojos verdes que le manifestó que el asesino de Mariana era varón y probablemente desconocido para ella. ¿Es muy fuerte? Rey de espadas, señora Valdés, casi invencible, solo puede con él otro rey de espadas. ¿Vive cerca? No me da esa información, solo que es un hombre poderoso. ¿Quieres decir que atacará de nuevo? Es posible, el rey de espadas nunca descansa. Pues el de oros tampoco, ya veremos de qué cuero salen más correas, como decía mi padre.

Qué me tienes, Zurdo Mendieta. Tenemos algo, pero antes ¿dime por qué no has bajado los muertos? Se soltaron los demonios y hay muchas balas que disparar. Creí que podías controlarlos. Me encantaría, pero no todos viven en mi infierno; además se emancipó la pelusa y lo está disfrutando. Me gustaría que hicieras algo. No seas ingenuo, eso ni el presidente me lo pide. Porque anda blindado, y no creo que escuche tantos gritos como nosotros. Sonrió. Nunca pensé que te interesara el estado de la guerra. ¿Ahora quién es ingenua? Por mí pueden sacarse las tripas, solo quisiera pasar una Navidad en paz, por primera vez he pensado en comprar regalos y eso. Bueno, en qué estamos. Creemos que fue un asesino solitario, que se deslizó por el techo y entró por la ventana; estamos esperando el informe de balística; ¿sospechas de alguno de tus enemigos? Por más que le doy vueltas no se me ocurre quién tuvo suficientes huevos para esta infamia. ¿Algún pretendiente? Hace tiempo que no detecto un varón interesado, ya ves que en cuanto pueden lo hacen notar. ¿Alguna despechada? De esas tengo montones, pero no creo que alguna se atreviera a tanto, podrían desgreñar a Mariana, pero nomás; Mariana estaba leyendo un libro de Mónica Lavín, lo revisé y no tiene subrayados o algo que indique temor, ¿servirá? Luego me lo prestas, ahora quiero que llames a los que estuvieron presentes en el cónclave de un teléfono donde pueda oír. Tengo un celular con altavoz. Perfecto, sé que vinieron solo lugartenientes, ¿tienes sus números? Luego te digo a quiénes quiero aquí; ¿con qué anticipación supieron del lugar y hora de la reunión? Tres días antes. ¿Tanto? Es necesario tomar precauciones para trasladarse, sobre todo en las presentes circunstancias. Okey, requirieron a Max que se presentó con la lista.

Vas a preguntar el nombre de su acompañante. Vinieron solos. No importa, y si les marca Max, mejor. Garcés telefoneó al primero. Qué onda, Chávez, soy Max Garcés, ¿cómo está Juaritos? Hey, Max, qué gusto oírte, ¿cómo anda la mecha en Culichi? Prendida, mi Chávez, ¿y tú? Alerta, siguiendo las instrucciones de la jefa y bebiendo como descocido, me regalaron una caja de vino mexicano que está de pelos. Es raro que lo prefieras a la cerveza, oye, ¿cómo se llama la persona que trajiste a Mazatlán? Brincos daba por llevar una morrita, pero fui solo, así lo pidieron, ¿no? Ni guaruras trajiste. Nada. Órale, ahí nos wachamos. Okey, mi Max.

Todos respondieron igual hasta que llegaron a Mexicali.

Treinta y seis

María Leyva conducía la camioneta blanca con destreza, a su lado Francelia dormitaba y atrás, en asientos convertidos en cama, Héctor Ugarte se mantenía despierto. Circulaban por la autopista rumbo a Guadalajara. Ya deben saber que fracasaron, seguro están buscándonos desesperados, quizá destruyeron la casa, rompieron todo lo que teníamos e incordiaron a los vecinos; ¿quiénes son?, ¿el secretario no resistió su ira y me mandó a sus uniformados de gris? Tipo más nefasto, no sabe vivir el poder. Apuesto a que esperaba que llamara al general Alvarado, pero erró, sus teléfonos deben estar intervenidos al igual que los míos. Identificó *American Patrol*, con Glenn Miller, música que la conductora escuchaba para espantar el sueño. Tal vez no, tal vez hubiera enviado a uno de los guardaespaldas que conozco para humillarme; ¿entonces? Desde que lo vi en el Hilton me dio mala espina, sin embargo, existen ideas que de pronto se vuelven prioritarias y se impone sacar lo mejor de uno para lograr un objetivo; ¿por qué evito pensar en eso? Tuvo una leve náusea y le sobrevino una ola de dolor que lo paralizó de momento. No es cualquier cosa, los campeones sin corona no existen; ¿quién dijo que morir es fácil? Resistió las ganas de quejarse para no alarmar a su mujer, que creía que el movimiento del carro lo iba a afectar y hasta llegó a proponer hospedarse en un hotel discreto. Cuando estás en fuga nada es seguro y ningún lugar es discreto, hay informantes en todas partes. ¿Los narcos? No creo, hubieran masacrado la casa y no me hubiesen dado tiempo de disparar. Alvarado cree que están formando un nuevo grupo, un comando de élite, pero estos parecían novatos y se dejaron sorprender, no pueden ser integrantes de un grupo especial, fui miembro de uno y son otra cosa, estos muchachos se veían muy zonzos. ¿Te ayudo? Escuchó a Francelia. ¿Te sientes bien? Ya descansé, ¿y mi pa? Dormido, no se ha quejado; en la próxima caseta de peaje o gasolinera hacemos cambio, ¿estás lista? Yes en inglés. Oui en francés. Sonrieron. Ugarte atrás disfrutó sus comentarios. Por eso no me dejo matar; voy a morir, no tiene remedio, pero quiero estar con ellas los días que me quedan. Si mi hijo está en Nueva York viendo musicales, está bien; pudo haber sido ciclista y competir en la Tour de France, pero cada quien elige la cruz que ha de cargar el resto de su vida. La mía fue a veces ligera, aunque la mayor parte del tiempo pesada e insoportable; María: me debes más besos que granos de arena tiene la playa de Altata, y no imaginas lo que he hecho por tu amor; mi profesión no me hizo feliz, lo comprendo ahora, cuando estoy seguro de que no me agrada el anonimato. Me gustaría que todos supieran quién soy, mi especialidad, lo que he provocado, cómo conseguí hacer una familia con esta mujer tan especial; ¿dónde nos quedaremos? Matar es fácil, pero morir es otra cosa. Ahora sé que en Culiacán tampoco estaremos seguros. Zzz. Acarició la Smith & Wesson que mantenía a la mano. Zzz.

Poco a poco, zzz, fue cayendo en el zzz, pozo del zzz.

En el aeropuerto de Guadalajara, María hacía fila para conseguir boletos a Culiacán. *Cliente Juan Nepomuceno Pérez Vizcaíno, pasajero del vuelo 1955 con destino a Comala, presentarse en la puerta 38, tiempo de salida.* Francelia compraba chucherías para ella y suero para su padre. Eran las siete de la mañana, habían dormido en la camioneta donde Ugarte esperaba sudoroso. Arreglos de Navidad por todos lados y música

ambiental. Las dependientas trabajaban lentas, un poco ador-
miladas, y ella deseando acelerar e ir a ver al marido que quizá
requería ir al baño o había vomitado.

Fue cuando los vio. Eran dos. Jóvenes, robustos, de pelo
corto, con el mismo aire de los que habían quedado tendidos
en su casa. Dios mío. Buscó a Francelia que ya tenía el suero
y sus papas fritas con un Gatorade rojo y le hizo señas de que
se alejara. Como en una película, la chica fingió ver revistas
y compró un periódico. Los hombres vigilaban impertérri-
tos. Trajes grises, corbatas oscuras. María continuó en la fila
que no crecía lo suficiente para desaparecer sin notarse. En
el mostrador preguntó por los vuelos a Nueva York. Había
para la una de la tarde. ¿Tendrá nueve lugares? Lo siento, solo
quedan tres y separados, los demás se irían a las ocho de la
noche. Voy a consultar, ¿quiere que haga fila de nuevo? No,
venga directamente conmigo, la esperaré veinte minutos.
Gracias. Caminó lentamente rumbo a la salida. Su celular
timbró, pero no lo respondió. Descubrió otro par de hombres
con la misma facha en la puerta por la que debía salir, y a su
hija que caminaba entre la gente rumbo al estacionamiento.
Frío. Nublado.

¿Qué haremos? No olviden mis medicamentos, la joven
se volvió a su padre que las interrogaba. Pa, estamos copados,
vamos a seguir por tierra. ¿Crees resistir? María volvió la
cabeza, tranquila pero adrenalizada. Dale, allá ustedes estarán más seguras. Podríamos quedarnos por aquí. Mazamitla,
ma, hace mucho que no volvemos. Si están en el aeropuerto
pronto estarán en la carretera, ganemos tiempo; por lo que
me dices, más que suponer que salga de aquí esperan que llegue, aprovechemos eso, recordó que el secretario pensó que
vivía allí. ¿Cuánto hace que no vamos a Culiacán por tierra?
Ochenta años. ¿Seguro de que no están allá? Ahora no estoy
seguro de nada. Sí, nuestras posibilidades se reducen. Y mi
tía que vendió su rancho el año pasado. ¿Entonces? Confie-
mos en el efecto «Carta robada». Pa, eso fue en el siglo XIX,

Edgar Allan Poe sería bastante inocente en este tiempo. Ya te sorprenderás de las cosas que no cambian. Ojalá esa sea una de ellas, ¿puedo saber por qué te persiguen con tanto encono? Francelia, por favor. Déjala, ahora es parte del paquete; mija, soy un enemigo pequeño de alguien muy poderoso. Pero quién es, ¿quién puede ser tan influyente como para montar este operativo en que no puedes terminar tus días plácidamente o tomar un avión?, ¿qué hiciste para que te persigan de esta manera? María no quiso evitar el comentario. Hay tres o cuatro personas que podrían ser. Una de ellas, ¿la que fuiste a ver hace poco al DF? Es probable. Héctor, debes decirnos para saber de quién cuidarnos: tus hermanas viven tan lejos que podríamos decir que somos tu única familia. Un retén, alertó Francelia. Ugarte cerró los ojos. Sea por Dios, hay personas que siempre están jugando su última carta.

Pasaron dos retenes militares y otro de la Policía Federal sin problemas. Perdone: ¿hay muchos puestos de revisión en la carretera? No estoy autorizado para dar esa información, señorita. Gracias, lo bueno es que eso no le quita lo guapo y el uniforme le sienta de maravilla. Quizá cinco hasta Sinaloa.

María sacó su celular. Informó que tenía seis llamadas del general Alvarado, la primera a las diez de la noche, la última a las seis de la mañana; para sí leyó un recado de su amiga más íntima: Despierta, mamacita, recuerda que nuestra cita es a las diez. Ugarte meditó: El general está preocupado, y desde luego debe sospechar que voy a Culiacán a morir donde nací. Pensó en una respuesta para su hija. ¿Y si está en dificultades? Si me persiguen con tanto ahínco algo inaudito debe estar ocurriendo, ¿quién soy yo para merecer esta atención? Ya me dijo el secretario que no existo. ¿Podré celebrar mis sesenta? Por lo pronto no en Cuernavaca que se ha vuelto una prohibición. Puede ser en Culiacán, allí todo es fiesta, hasta podría invitar al Turco Estrada. Si el general se halla en problemas el asunto debe estar álgido; es hombre del presidente; ¿están probando un grupo especial con nosotros? Qué desgraciados. Como dice Pérez Reverte: no me agarrarán vivo.

Frío. Ligera neblina. Autopista llena de viajeros al cien. En la radio: Jesse & Joy: *Espacio sideral*.

Treinta y siete

¿Qué pasa contigo, Mendieta, empeñado en valer madre? Volvió a llamar el licenciado Blake Hernández y estaba hecho una furia; exige una respuesta inmediata a sus recomendaciones sobre la agresión a su hermano, además me informó que ahora fue atacado en su negocio, algo que Hortigosa me acaba de confirmar, chingada madre, ¿qué pasa contigo? Nada, jefe, Toledo fue a preguntarle dónde estuvo la noche del asesinato del doctor Manzo, ya que no quiso respondernos aquí; como ve, lo interrogamos a domicilio. ¿Siguen sospechando de él? No precisamente, solo que debemos tener las investigaciones completas y nos falta ese dato. ¿Lo consiguieron? No, el tipo es un niño caprichoso y muy peligroso, fue campeón de ese boxeo en que se vale de todo y no tiene el menor respeto por el cuerpo policiaco, le dijo a Gris que si llevamos una orden de un juez tal vez nos lo diga, pero advirtió: no lo que esperamos oír. Entonces olvídense de él, el hermano es un ahuate en el culo y si no me entero que existe, mejor. Tenga cuidado, esa comisión es influyente, dicen que apoyó a unos guachos que violaron a una viejita de más de setenta años. Si no vuelven a molestar al ingeniero seguro se olvida de nosotros. Mándele un regalo de Navidad. No juegues, Zurdo, que tú eres parte de mi hartazgo. Antes de que otra cosa suceda, le informo que atendimos el caso de un dentista eliminado en Navolato, tenemos el nombre del criminal y. ¿Y qué esperan para ir por él, quieren que los lleve de la mano? Tenemos jurisdicción en todo el estado. Es que es la Tenia Solium. Ave María purísima, ¿y Pineda qué dice? Que nos desea feliz Navidad y próspero año nuevo y nos pasó información sobre el sujeto. Briseño se recargó en su sillón. Al menos dejarás en paz al ingeniero Blake Hernández. Mendieta sonrió. Me alegra que se contente con eso, jefe, veo que no me extrañará si dejo en paz a todo el mundo. No te pongas melodramático, oye, ¿y cómo está tu hijo? Se puso de pie. Enorme, ya le salió su primer dientito. Salió.

Jefe, ¿qué hacemos? Niños y los vendemos. Oiga, no se le quita el buen humor, ¿verdad? Agente Toledo, vamos a tomar las cosas con calma. Mira nomás, nunca esperé escucharlo de usted. Estamos con la Navidad encima, es tiempo de regalos y engordar, de pasarla suave, nosotros no tenemos por qué ser la excepción. ¿Nos olvidamos de la Tenia? Y de Blake y de Manzo y del Comevidrios. Ahora sí se inspiró, ¿y de Mariana Kelly? Eso también está atorado. ¿Y del Gori?, ¿qué hacemos con el Gori? Le voy a agradecer su regalo, de verdad me enterneció. El pobre no debe llegar a Navidad así, trae la autoestima por el suelo. Pinche Gori, quién lo diría. ¿Lo ha visto?

Abrió la puerta. Hortigosa se hallaba sentado en su escritorio con los brazos cruzados, desencantado, su equipo de tortura en su lugar. Qué onda, mi Gori, en qué te entretienes. Aquí nomás, mi Zurdo, tranquilo, y la neta, decidido a renunciar. ¿Y eso? Todo por servir se acaba, mi Zurdo. Y te mareas con cualquier airecito. Y me duelen las coyunturas. Órale. Silencio. Está por llegar a esta oficina un bato que fue campeón estatal de karate. ¿Y nosotros para qué queremos un güey de esos? Somos placas mi Gori, otro pedo. Pues es lo que yo pienso, pero de que el bato viene, viene, ya me notificaron, es una recomendación de la PGR. A ver, a ver, vamos a dejar de hacernos pendejos: tú andas agüitado porque un güey te rompió la madre, ¿de acuerdo? También te la rompió a ti. Bueno sí, pero el de la bronca eres tú, a mí el puto me la pela. A poco muy felón, mi Zurdo. El puto me la pela y te lo voy a demostrar, pero antes vamos a aclarar una cosa: ¿cuándo un bato de tu oficio ha pretendido hacer su trabajo con sus manos? Nunca, que yo sepa. ¿Y por qué lo quieres hacer tú, pinche Gori, te crees Supermán o qué? Eres un cabrón bien hecho, pero tienes tus límites, es como si un panadero quisiera cocer su pan en los sobacos, no mames, pinche Gori, para eso se inventaron los instrumentos. Otro silencio. El Gori, que tenía el rostro abatido lo levantó ligeramente iluminado.

¿Neta lo crees? Chingo a mi madre si no; Gori, hay pañales para adultos, ¿por qué? Simplemente porque se necesitan. Silencio. Dirás bien, mi Zurdo, pero ¿quién me pondrá a ese marica aquí? ¿Quién crees, cabrón? Por cierto, el comandante me hizo preguntas. Ya me dijo, y está de acuerdo en lo que quieres hacer. ¿Sí? Ni más ni menos, que ese relamido entienda que a un policía se le respeta. Ándese paseando.

Marcó en su celular: Qué tal, mi Diablo, ¿cómo andas? Al tiro, mi Zurdo, por cierto, me reporté con el señor Garcés y me pidió que te preguntara si ya no me necesitas, y también al Chóper. Por eso te llamaba. Le pasó la dirección de Blake, le advirtió que era peligroso y que lo quería lo más pronto posible en El Conservatorio, el lugar donde todos cantaban o aprendían a cantar mejor que si tomaran clases con Enrique Patrón de Rueda. Una pregunta, mi Diablo: ¿La Tenia Solium está con ustedes? Estuvo, mi Zurdo, pero con el desmadre que usted ya sabe el bato se abrió, ahora anda por la libre y, la neta, está pesado, ¿quiere algo con él? Mató a un dentista y sospechamos que a otro más. Es un cabrón incontrolable, padece de la dentadura y le apesta la boca machín, si necesita que le demos piso dígale a la patrona, podemos aprovechar que ahorita están de romance. Qué pasó, mi Diablo, no exageres. Quiero decir que se llevan bien.

Noventa minutos después Urquídez llamó. Mi Zurdo, el sujeto no se presentó a trabajar y los dependientes no saben si aparecerá, le pusimos plantón, pero no es conveniente quedarnos más, qué onda. Regresen como a las seis.

Lo hicieron: A las siete cerraron la refaccionaria y Blake continuaba perdido. El Diablo notificó a tiempo. Okey, mi Diablo, como dijo el clásico, hay días en que uno pierde y otros en que deja de ganar. Neta que en esto son muy raros los empates; una pregunta, mi Zurdo: ¿conoce a los Chúntaros? De oídas. Pues son enemigos jurados de la Tenia y no se llevan mal con nosotros, digo, por si se ofrece. Ya estás peinado pa'trás.

Dos horas después, Susana, Mendieta y Jason se encontraban cenando en El Farallón cuando entraron Constantino Blake Hernández y Lizzie Tamayo. Cuerpos lacios, rostros saciados, labios enrojecidos. El Zurdo los descubrió sin sorpresa y ni siquiera se distrajo de su conversación con Jason: Imagina al policía más duro, un tipo que jamás ha leído un libro y tuvo ese detalle como regalo de Navidad. Es extraño, te ven como si fueras de otro planeta. Desde luego que hay polis que leen y hacen una vida normal, pero no son muchos; es una profesión muy determinante. Leí *El amor en los tiempos del cólera* y me gustó, todos esos telegramas y la eterna espera. Saber esperar es una virtud, el Zurdo miró de soslayo a la pareja, ella con sus piernas al aire, él con su extremada presunción. Susana sonreía, se sentía bien de hallarse entre esos hombres tan similares. Bebía despacio, y como Schwarzenegger no había aparecido se sentía plena, aunque algo nerviosa por ese amante tan osado que la siguió hasta acá. Una amiga me recomendó *Anhelo de vivir*, de John Irving. Es sobre Van Gogh, un genio que prefería la sopa de oreja a la de aleta. Adoraba a Jason y este hombre que era más un jovenzuelo que un rudo policía la enternecía, pero nada le había resuelto respecto a ayudar a su hijo, así que decidió poner el tema sobre la mesa. Tú qué opinas, Edgar, ¿Jason estaría bien como policía o con cualquier otra profesión universitaria? Mamá, podemos hablar de eso en otro momento. Perdón por interrumpir, pero me preocupa; como no quieres entrenar ni competir perdimos la beca, y algo tenemos que hacer para que continúes preparándote. El dinero yo lo pongo, expresó el Zurdo muy seguro. Pero, ni siquiera has preguntado cuánto es, y no creas que es poco. Hey, no permitiré que se discuta mi futuro, al menos en esta mesa, simplemente porque lo tengo decidido; así que ahórrense sus emociones. Qué terco eres, pienso que policía es una profesión muy peligrosa y si antes me causaban gracia tus razones, en este momento creo que deberías escucharnos. Edgar llenó la copa de ella de vino blanco, apuró su *whisky* y pidió otro; puso atención a tres señoras jóvenes que parloteaban al lado: ¿Qué dices, Sally? Inquirió la de ojos grandes. Laura tiene razón, vamos a Vallarta. Uuuhhh. ¿Lo de ser poli es en serio? Ya te dije que sí, y puedo ser tan famoso como Eliot Ness. Pues a mí no me parece, son tiempos violentos y un policía está muy expuesto. Bueno, quizá no hay profesión segura, ahora mismo investigamos sobre la muerte de dos dentistas, de una diseñadora y una golpiza a un ingeniero. Nos dijo Enrique que has sufrido dos atentados. ¿A poco no te has quemado cocinando? Jason sonrió. Muchas veces, una vez recibió un toque eléctrico que la dejó en el piso, ¿te acuerdas, ma? Ser chef tampoco es fácil. A ese ingeniero, ¿por qué lo golpearon? No ha querido decirnos, lo agarraron al salir de un restaurante y se lo llevaron, es lo único que sabemos; voy al baño. Jason respondió un mensaje. Las señoras de junto festejaban que iban a viajar con hijos, pero sin maridos: Uuuhhh. De allí le llamó al Diablo y al Gori.

Minutos después, cuando abordaban el Toyota, vieron avanzar una Hummer negra a la puerta del restaurante. En su interior Los Tucanes de Tijuana cantaban: *No hay Chapo que no sea bravo.* Qué música tan fea, se quejó Susana. Deberían prohibirla. El Zurdo encendió el estéreo y se escuchó *Angel of the Morning* con Juice Newton. Jason mensajeó a su primo de nuevo: spra ksa.

La conversación animada no decayó durante el trayecto a la Col Pop. Susana habló del Culiacán pasado; cuando no había Forum ni tantos autos, donde los domingos por la tarde daban el Obregonazo, un paseo a lo largo de la avenida Obregón para mirar gente. ¿Por qué Enrique no ha vuelto después de tantos años? Tiene miedo a quedarse, es una persona de impulsos. Podría visitarte, habla mucho de ti y se ve que se mata por verte. ¿Es ilegal? No sé, ¿te ha dicho algo de eso, Jason? Que está arreglando sus papeles. Aquí asistíamos a misa, expresó Susana jubilosa al pasar por el templo de la Santa Cruz. ¿Edgar también? ¿Venías, Edgar? No recuerdo haberte visto. De vez en cuando, la sombra del cura Bardominos le llegó débil, minimizada, controlada; también recordó al doctor Parra. Pinche barbón, debe andar pisteando en algún congreso de ginecólogos polacos. Muchos de los plebes iban de vez en cuando, mi hermana Aracely, que se enredó con Domingo y nació Gustavo, el primo con el que Jason se junta, jamás se paraba en la iglesia, mi mamá se volvía loca reclamándole. Ya ves, por eso tú no debes reclamarme a mí, que soy un buen chico y ya recibí un importante regalo de Navidad por estar limpio de adicciones. En eso tienes razón, aunque deberías continuar en el atletismo, ¿qué regalo? Ya te contaré. ¿Se lo diste tú, Edgar? ¿Eh? Caballería, el Zurdo respondió su celular. Era Max Garcés: Mexicali llega en dos horas, ¿dónde te lo pongo? En Las Quintas, pero lo veo mañana a las diez. Clic.

Al llegar a casa de Susana, Jason se despidió; Gustavo lo esperaba recargado en el Jetta: irían por las chicas. Al quedar solos sus manos se encontraron.

En el estéreo: *If You Leave Me Now* con Chicago.

¿Sueñas?

No, ¿y tú?

Yo sí, casi todas las noches; siempre me sueño joven, con mis hermanas o con mis amigas; anoche, por primera vez me soñé de mi edad, andaba con mi hermana Angelina, ¿la recuerdas? Fue la primera que se fue a Tijuana.

¿La novia del Toro Valenzuela?

No llegaron a tanto, salieron una vez, antes de que él fuera la gran estrella en que se convirtió; pues la soñé: estamos en una ciudad donde las calles no tienen banquetas y solo circulan carros de carreras a gran velocidad; están a punto de atropellarnos varias veces, gritamos auxilio, pero nadie responde. Corremos hacia una vivienda que al final es una pared llena de ojos de rata que nos miran con rencor, están en burbujas de vidrio. No sabemos qué hacer. Lloramos. Nos abrazamos. Rezamos.

Hasta que llegó LH.

¿Quién?

LH, un amigo, vive en Tijuana y tiene panza de héroe.

Creí que era un anuncio de insecticida; pues a duras penas nos colamos en una mansión, es la Cámara de Diputados, se encuentra llena de señores con trajes negros que no paran de discutir. Todos hablan, pero nadie escucha. Estamos muy asustadas. El grupo entero se dirige a nosotras con la misma frase: el sexo es vida, el sexo es vida; Angelina se pone a bailar con movimientos *sexis* y varios se abalanzan a tocarla, ella lo permite, la excita, se pone un poco cachonda; uno de ellos la abraza con lujuria, ella grita desesperada y desperté.

Nunca imaginé que alguien soñara diputados.

Fue aterrador, algún pecado estoy pagando; sácame de una duda: ¿vendrás un día a visitarnos a Los Ángeles?

Tendrías que hablar con Enrique, para que no se ponga celoso.

Eso lo arreglo con unos tacos al vapor, lo puedo envenenar sin que se dé cuenta.

¿Quién es el gringo?

Un necio, ya lo viste.

¿Qué hace?

Es marine y no tuve ni tengo ni tendré nada con él: Jason lo odia y es bien correspondido.

¿Por qué vino?

Por maniático; le dije claramente que jamás aceptaría a alguien que no quisiera a mi hijo y no entendió. Por cierto, creo que al fin comprendió, no ha vuelto y espero que no lo haga.

Me avisas si vuelve, me quedaron algunos centímetros sin golpear.

Mi héroe.

¿Angelina vive aún en Tijuana?

Vive en Fresno; la única que vive aquí es Aracely, la mamá de Gustavo, el chico que viste y que es unos meses mayor que Jason.

El que se quiere suicidar.

Es un loco, dice mi hermana que quiere llamar la atención de su padre, el coronel Domingo Félix, que tiene años en la Novena Zona Militar.

Creí que los cambiaban.

Lo hacen, menos a él, que debe tener sus arreglos por ahí. Por cierto, ya casi no estás morado, ese médico es un experto.

Es un cogelón.

Igual que tú.

¿Qué yo? No mientas.

No miento: ¿quieres ver?

Sí.

Treinta y ocho

Citicinemas. Noche. Vemos una Hummer negra estacionada.

A su derecha hay un cajón vacío donde se detiene un Tsuru destartalado del que un minuto después sale el Turco Estrada. No gatos no perros, no. Entra en el asiento posterior del vehículo.

Okey, a lo que venimos que no tengo su pinche tiempo.

Desde el asiento del copiloto la Tenia Solium le alarga la diestra como saludo, mismo que él rechaza.

No vengo a socializar, Tenia, y como no mataste a Mariana Kelly queremos el dinero de regreso.

Mirada fuerte. Lo mismo que cuando él era conminado.

Turco, estoy valiendo verga, no he podido conseguir un puto dentista que me saque la muela.

Señala su cabeza amarrada con un pañuelo sucio. El Tío Beto al volante.

Es tu pedo, nosotros te pagamos por algo que no hiciste y necesitamos la lana de vuelta, aunque traigas carro nuevo; es lo único; si lo quieres saber, al jefe no le ha gustado nada la muerte de los doctores y el susto que le diste al de Bachigualato. Manzo era nuestro dentista y lo apreciábamos; no creas que se me olvida que yo te mandé con él cuando tuvimos la primera plática en el Paraíso.

No sabía que fueras tan sentimental.

Me importa una chingada lo que sepas o dejes de saber, y apúrale a esa madre que el señor Arredondo quiere lo suyo.

A causa del dolor de muelas no pude caerle a Mazatlán, pero igual se la chingaron; era lo importante, ¿no? Además, cuando nos vimos la segunda vez dijiste que Samantha estaría allí; Mariana, no era seguro.

No te enredes, Tenia, estuvo allí y no la bajaste tú, y ahora traemos al Cártel del Pacífico pisándonos los talones y a un pinche placa que es un cabrón: el Zurdo Mendieta.

Machín, ese puto se me fue vivo una vez, hace un chingo de años; pido mano pa darle piso.

No has entendido, Tenia Solium, no nos interesa, solo queremos que nos regreses el dinero.

El Tío Beto enciende un cigarro.

Turco, si no me sacan esta madre me va a cargar la chingada; ayúdame, llévame con otro dentista.

Qué dentista ni qué la chingada, tienes veinte horas, mañana a las ocho te espero en el estacionamiento de la Comercial Mexicana Campiña, al lado de la Coppel.

El Turco Estrada baja. La Tenia abre su portezuela.

¿No te vas a despedir?

Y lo acribilla.

A mí nadie me apura, verga, y si tu pinche jefe es tan macho que venga a reclamarme él.

La Hummer abandona el lugar con parsimonia. El cuerpo queda despatarrado al lado del Tsurito. Los cinéfilos salen de la última función comentando.

Treinta y nueve

El Diablo Urquídez y el Chóper Tarriba entraron al restaurante caminando como vaqueros.

Lucían chamarras negras de piel y gorras de beisbol de Los Tomateros de Culiacán. ¿Los esperan? Sonrió una edecán despampanante. El señor Blake Hernández nos invitó, ¿nos puede indicar su mesa? La chica checó su lista: En la cuarenta y seis, por aquí por favor, está con una señora rubia al fondo. Es mi tía, gracias.

Blanca Navidad, con la Orquesta Sinfónica Juvenil de Sinaloa, dirigida por Baltasar Hernández, en el sonido.

Señor Constantino Blake Hernández, acompáñenos. El indiciado escrutó a los recién llegados con desconfianza. ¿Quién me necesita? Lizzie echó un vistazo a los pistoleros y sorbió de su coctel, despreocupada. El mero mero. Blake los examinó con gesto ácido, ellos sonreían relajados. ¿Pueden esperar unos minutos? Por nosotros no hay problema, pero el chaca tiene prisa. Fue lo que dijo, añadió el Chóper, que tenía ojos claros, Blake se volvió a la chica. Si no regreso en quince minutos, tomas un taxi. Eres un horrible, le lanzó el coctel a la cara. Te odio, y un plato con restos de aguachile a la ropa. Hey, tranquila, no salgas con tu pinche numerito, ya estás grandecita. Eres un idiota, un barbaján, un estúpido. Lizzie es de las que realzaba su hermosura cuando se irritaba, desde luego que lo sabía.

Al salir, el Diablo le asestó un cachazo en la espalda que lo cimbró. Constantino intentó responder, pero el Chóper le puso su arma en la frente. No la hagas de pedo, pinche puto, si no quieres valer verga. Hey, calmados, ya entendí, y solo por decir, agregó: conozco a un pesado. Aquí no hay más pesados que nosotros, pendejo, nuevo cachazo. Y cállate el hocico. Antes de subirlo a la Hummer lo cachearon, esposaron y encapucharon. Atrás de la puerta de cristal con el logotipo del restaurante la edecán revisaba su lista de reservas sin enterarse. ¿Están seguros de que soy el que buscan? ¿Crees que estamos ciegos? El Diablo le asestó un nuevo pistoletazo esclarecedor. Soy amigo del Rorro Gómez, del Cártel del Pacífico, de joven trabajó con nosotros en la Refaccionaria Blake, me parece una prevención inútil que me esposen y encapuchen. Eso se lo explicas al jefe. El Chóper arrancó. En el asiento posterior Blake pasó de la rabia al temor. ¿Saben para qué me quiere? Nadie respondió; intentó tranquilizarse. La noche del asesinato de Humberto Manzo Solís se entrevistó con Antonio Gómez, que controlaba un trozo de frontera entre Mexicali y Tijuana, luego de una espera de cinco horas en una casa de la colonia Chapule. Fue a solicitarle un préstamo y de seguro ya tenía el dinero: no era demasiado, quería pagar el aguinaldo a los trabajadores y algo para la cuesta de enero. Así que dejó de preocuparse y revivió el cuerpo de Lizzie: Pinche bruja, ¿cómo le hará para conservarse tan buena? Debe ser tanto sexo, le encanta tener las patas abiertas. El Chóper bajó el volumen del estéreo que ahora tocaba *Lamberto Quintero* con Chalino Sánchez. Está enferma de sexo esa mujer, con eso de que enviudó no tengo ayuda, y Peraza se fue de vacaciones con su familia; se enojó, quería que le siguiéramos después de la cena; luego de que recoja el dinero con el Rorro a lo mejor le caigo: me gusta volverla loca; es lo que le agrada a la cabrona.

Entraron al estacionamiento de la PME, justo a la puerta del Gori que el Diablo recordaba aún de sus tiempos de placa. Llegamos, cabrón. ¿Me pueden quitar esta madre? El señor lo hará. Vamos, dijo el Chóper, que no había abierto la boca, tomándolo del brazo. Sintió la fortaleza. En cuanto traspusieron la puerta, Blake percibió algo en el olor ácido del ambiente, le quitaron la capucha y de inmediato supo dónde se encontraba. El Diablo lo encañonó en la frente y el Chóper en la nuca. Un movimiento y vas a chingar a tu madre, pinche puto. Blake lo pensó y continuó caminando, vio al Gori y sonrió, pero no por mucho tiempo, Robles le lanzó un balde de agua fría y el Gori le conectó un electrodo de una pierna, quiso patear, pero: Hey, no te muevas, culero. Apenas así puedes, eh gorila, eres igual que todos los polis, mediocre hasta la madre. Robles le atizó un batazo en la espalda que lo sacudió. Eres un maricón, voz entrecortada. El Gori cerró el circuito y le mandó doscientos veinte voltios. El hombre se encorvó. El Gori hizo una señal de agradecimiento al Diablo y al Chóper quienes se retiraron satisfechos. A ver, papá, ¿eres muy macho? Le atizó un batazo en la entrepierna. Espero que tengas hijos, cabrón. Uggg. Porque si no, ya te chingaste, ¿de dónde sacaste esa idea de meterte con mi vieja?, ¿eh?, ¿te crees muy salsa? Pues aquí te chingas, luego preparó Tehuacán con chile. Ahí tenemos una cámara para que le mandes fotos a tu hermanito, pinche puto, solo que estas van a ser verdaderas.

Si Blake y el Gori hubiesen discutido sobre su percepción de esos minutos solarianos, jamás hubieran llegado a un acuerdo, ¿o sí?

Cuarenta

Francelia conducía; escuchaba *Me voy*, con Julieta Venegas, y la cantaba con la tijuanense: *qué lástima pero adiós*. Su madre dormía, su padre soportaba. Habían pasado Tepic sin novedad y Ugarte planeaba quedarse en Mazatlán unos días, quizás en el hotel Estrella Reluciente que se encontraba afuera de la ciudad, atendían con discreción y las mujeres podrían descansar en la playa si el clima lo permitía. Vio la sombra sólida al lado, pero no se atormentó, total, hay adversidades que no tienen remedio. Ciento veinte kilómetros por hora. Francelia divisó un retén y bajó la velocidad. ¿Qué pasa? Un retén, pa. ¿Del Ejército? Más bien de la Policía Federal. Su uniforme es oscuro, añadió María más o menos despierta. Adelante avanzaban despacio dos autos viejos a los que franquearon el paso; no a ellos que les hicieron la señal de que se estacionaran en el área de descanso donde se hallaban instalados. Un auto que venía detrás pasó sin novedad. ¿De dónde vienen? De Guadalajara y vamos a Mazatlán. Qué Mazatlán ni qué la chingada, ustedes hasta aquí llegan, bájense y no toquen nada, dejen bolsos, celulares, dinero, lo que traigan. Pero. Por favor, mi esposo está muy enfermo, suplicó María. Pues va a ser el primero en bajar, y apúrense que no tenemos su pinche tiempo o aquí se les acaba el corrido. No sea inhumano, vea cómo está. Cierra la boca, pinche vieja, si no me lo chingo para ahorrarle sufrimiento, le mostró un AK-47. Y a ti y a la morra les pegamos una cogida de aquellas pa que no anden diciendo que no las tomamos en cuenta. Bajemos, farfulló Ugarte preparándose, eran demasiados para su pequeña pistola. No discutan. Las mujeres abrieron las puertas, luego la de Ugarte que se deslizó despacio, tembloroso, adolorido. Muévanse, pinches rucas. ¿Me permite tomar las medicinas de mi esposo? Depende de ellas. No vas a agarrar ni madres, si se va a morir que se muera de una vez, en fin, que ya se ve muy jodido. Ugarte aferró a su mujer del brazo para que no insistiera. Cinco mozalbetes recogieron los conos naranjas con los que indicaban el retén, subieron a la camioneta y se largaron en sentido contrario. Los vieron alejarse en silencio, asimilando el hecho. Desgraciados, expresó Francelia. ¿Viste mamá? Parecen de mi edad. Tranquila, como quiera que sea respetaron nuestra integridad. ¿Y ahora? Ya pasará alguien que nos lleve al pueblo más cercano, allí, si no hay taxis, le pagamos a alguien para que nos lleve a Mazatlán. Ugarte se sentó en el suelo, se veía derrotado, afligido, ofendido, pronto el dolor sería un suplicio sin los medicamentos. ¿Traen dinero? Porque yo todo lo gasté en Guadalajara. Cien pesos, lo demás se fue en mi bolso con todo y tarjetas. Con eso ningún camión nos llevará; pa, ¿traes algo? Nada. También se llevaron los celulares. Entonces tendremos que enseñar pierna mi ma y yo. No abusen, Ugarte tocó la pequeña Smith & Wesson Classic en un bolsillo de su chamarra y celebró que no lo cachearan; sin embargo, no lo mencionó; María no aprobaba ciertas tradiciones militares.

Después de veinte minutos de pedir aventón una Nissan estaquitas del siglo xx se detuvo. Conducía un ranchero joven que escudriñó a Francelia con descaro. ¿Qué hacen aquí? Nos asaltaron y nos quitaron todo, camioneta, dinero, tarjetas: todo. Esos cabrones ya tienen tiempo chingando y no los pueden atrapar; si quieren los llevo a La Concha, oiga, el amigo se ve muy apagado, ¿se puso así del susto? Está enfermo. Suban pues, allí conseguiremos quien los lleve a Escuinapa, por si quieren ver un doctor. ¿Nos llevarían a Mazatlán?

No sé, ahí se arreglan con Elías, es mi compadre, pero es muy cabrón, y es el único que tiene carro bueno; suba amigo, una de ustedes trépese atrás.

Hora y media después marchaban a setenta kilómetros por hora en un vocho con el radio a todo volumen tocando rancheras. Les prestaron un teléfono, Ugarte llamó al Turco Estrada. Lo enterramos ayer, respondió su hijo. Nos lo mataron y ni siquiera nos animamos a denunciar el crimen. ¿Eres el abogado? Se puede decir. Me platicó de ti, te tenía mucha fe, así que cuídate. ¿Usted era su amigo? Fuimos juntos a la secundaria; ahora mira hacia adelante y sé un hombre exitoso, eso de que no hagan fiestas en la calle los culichis se ve muy difícil, pero suena inteligente. ¿Le contó de mi tesis? Con mucho orgullo pero bastante preocupado. Eso me decía y la verdad lo quiero pensar, ¿me puede decir su nombre? Por supuesto: Ugarte, y cuídate que la vida tiene cosas buenas, no evitó recordar a su amigo. Y pensar que estabas seguro de que te irías después de mí, espero que san Pedro no te la ponga difícil. Luego buscó en el directorio telefónico de Mazatlán las señas de un amigo, visto dos años antes en Scottsdale atendiéndose un leve cáncer de piel. Lo encontró en su despacho: Señorita, dígale al arquitecto Miranda que de parte de Héctor Ugarte, un compañero de la secundaria. Un minuto después: Qué tal, pinche Ugarte, ¿estás aquí? Estoy cerca, y no me agradezcas la llamada, te busco para pedirte un favor, ¿cómo siguió tu piel? Estoy de quince, cabrón, gracias a Dios, ¿y tú? No la libré y me estoy preparando para el viaje que al parecer es muy corto: dura menos de un segundo. Había oído que era largo porque ya no regresas, ¿y qué onda? Nos asaltaron cerca de La Concha y nos despojaron completamente; un taxista nos va a llevar a Mazatlán y necesito pagarle; vengo con mi mujer y mi hija. ¿Te quitaron dinero, tarjetas, documentos, carro, todo eso? Todo, incluyendo las visas para Canadá y Estados Unidos. Que los traiga a mi oficina y aquí resolvemos lo que falte, anotó la dirección. Gracias, amigo. Ya, no chingues, siempre fuiste muy joto pero no sentimental. Ugarte sabía que mencionar su antiguo apodo significaba que estaban ante una puerta abierta.

Locutor: Hace aproximadamente dos horas, en plena supercarretera al norte, una camioneta Windstar blanca, con placas de Tlaxcala, que se dirigía al sur, fue acribillada por un comando de hombres de gris, según testigos presenciales. En el lugar quedaron los cuerpos de varios tripulantes que no han sido identificados por estar completamente calcinados. Ugarte cerró los ojos. ¿A qué grupo se referiría el general Alvarado? María y Francelia se abrazaron con fuerza. Dios mío, ¿qué bestia habían despertado?, ¿qué hizo este caballero que le tenían tanto encono?, ¿quiénes eran esos hombres de gris?, ¿quiénes los muertos de su casa? María puso una mano en el hombro de su esposo y lo apretó levemente. El chofer, como si nada, silbaba la ranchera que tocaban.

Cuarenta y uno

Al día siguiente Blake apareció pálido en la sala de interrogatorios. Caminaba pausadamente. Se sentó con una mueca de dolor. Gris, disfrutando su coca de dieta, le tomó declaración. Se hallaba estragado, ojos rojos, brazo suelto, rengueaba y exhibía un gesto de rabia bien definido. La detective con toda formalidad le hizo la pregunta: ¿Dónde estuvo la noche del asesinato del doctor Humberto Manzo Solís? Blake abatió la cabeza, había perdido su ironía y su fuerza de ubicación. Estuve con Antonio Gómez, de siete a doce lo esperé hasta que me recibió y hablé con él cinco minutos; tenía que irse a Mazatlán, no me dijo a qué; fui a pedirle un préstamo para pagar el aguinaldo completo a mis empleados; hace diecisiete años trabajó con nosotros y se porta bien; tres veces me ha sacado de apuros y le he pagado puntualmente; en asuntos de dinero es bastante puntilloso, quizá porque fue pobre. Su coartada no es fácil de comprobar, señor Blake. Lo sé, por eso me resistía a contarle, ¿quién va a ir a preguntarle al Rorro si es verdad lo que digo? ¿Por qué tardó tanto en recibirlo? Estaba con unas viejas, Gris bebió un trago breve de coca. ¿Por qué envió esas fotos a su hermano? Por joder. Pues estimuló su sentido del heroísmo, no nos deja en paz. Sé cómo es el licenciado Blake, lo conozco desde niño. ¿Le mandará algo ahora? Ahí muere, hay veces que se pierde y otras en que se deja de ganar. ¿Qué día se fue Gómez a Mazatlán? Después de que habló conmigo.

Tenía alguna cita. No hizo comentarios y es algo que no me interesa. Exactamente, ¿qué ha entrenado para ser tan hábil golpeando? Boxeo y karate, ¿acaso es delito? Gris bebió de nuevo. No puede salir de la ciudad. ¿Sigo siendo sospechoso? Solo voy a comprobar su coartada; ¿ha visto a Lizzie Tamayo? Todos los días. ¿Se puede saber por qué? Porque nuestra relación es sexual, no me diga que usted no lo hace diario. ¿Ha oído hablar de la Tenia Solium? La delincuencia no es lo mío, señorita, y viéndolo bien, tampoco lo de ustedes. Y Gómez, ¿es una hermanita de la caridad? El hombre apretó los labios. Feliz Navidad, señor Blake. No me chingue con eso, señorita.

¿Todo bien, mi Gris? El Gori sonreía feliz. Perfecto, mi Gori, y tú, ¿dormiste completo? Como cura recién capón; bueno, si me necesita, llámeme, voy a buscar un regalo para mi suegra y otro para una ahijada, ya vi que no es difícil escoger. Mi Gori, lleva a tu mujer y a tu hija, a las mujeres nos cae muy bien ir de compras, hasta nos olvidamos de las broncas de la vida. Me van a dejar en la calle. Es Navidad, mi Gori, todo debe hacerse en familia, esta tarde el Rodo y yo llevaremos a mi mamá de compras. Entonces te haré caso, ¿y el Zurdo? No tarda en llegar, anda por ahí con su hijo buscando regalos. Caray, todos andan en lo mismo, a ver si me lo encuentro; por cierto, me dio las gracias por el libro. Lo impresionaste. Eso dijo, bueno, nos vemos Gris y gracias, les debo una.

El Zurdo entró en la casa del cártel en Las Quintas a las once y media de la mañana. Max Garcés y la Hiena Wong lo esperaban. Fumaban, recordaban, bromeaban. La Hiena había esnifado suficiente para no desesperar. Garcés los presentó. Wong era un poco más viejo que Mendieta, más bajo y más delgado. Le contaba a Max que algo sé de usted, mi poli, algo de cuando éramos morros. El Zurdo lo observó: piel amarillenta, huesudo, de pronunciados rasgos orientales, bigote negro y arreglado. No me recuerdes buenos tiempos, Wong, entre más lejos están más feliz soy. La Hiena sonrió, afirmando. Entonces solo le diré que hubo una época en que lo apodábamos el Gato, porque tuvo más de una vida, se ha de acordar. El pasado nos hará libres, el Zurdo encendió un cigarro, se negó a hacer memoria, dio una calada y tomó la voz. Me dijiste por teléfono que asististe a la reunión de Mazatlán en representación de tu primo Wang. Ey. Que el enviado de Hermosillo se te hizo conocido de otro ambiente. No estoy seguro, pero yo a ese bato lo he wachado en otro bisnes; en el avión vine craneando y no lo completo, pero tampoco a otros, había tres o cuatro compas que nunca había visto, Max extremó su atención. Pero el de Hermosillo, así como me acordé de usted, así me llegó su imagen a la mente, pero no estoy seguro. Haz un esfuerzo, ¿crees que era de los tuyos o de los otros? Se me antoja que el bato haya sido ley, pero no sé, ya ve cómo es el alemán de cabrón; me llamó la atención su palidez, como si estuviera nervioso, se le notó cuando la señora preguntó cómo estaban las plazas; él dijo que bien, habló con voz segura; pero yo traigo esa espina clavada, y más ahora con lo que pasó. Lo recuerdas del pasado. Ey, tal vez años, como a usted. Mendieta se volvió a Garcés que le hizo una seña sutil de que después hablaban, solo comentó: En este negocio hay gente de toda, Mendieta. Lo sé, el Diablo es buen ejemplo, observó a la Hiena que tenía ojos negros, pequeños, mortales; muchas cosas se decían de su crueldad y eficacia; del éxito arrollador de Wang con él como lugarteniente. ¿Notaste algo raro en alguno de esos tres o cuatro que mencionas? No, pero no los conocía, a los demás los había visto al menos una vez, a los de Tijuana los conozco a todos, soy de los más viejos en la organización, a los de San Luis también, a los de Juárez. ¿Recuerdas a qué hora se reunieron? Como a las ocho y media. ¿El de Hermosillo llegó antes o después de ti? Antes, un bato acá, serio de más, se sentó frente a mí en una mesa alargada. ¿Cómo eran sus manos? Qué pasó, mi poli, no soy puto, hubiera sido vieja el bato, no digo nada. Quiero saber si eran fuertes. Ahora que lo dice, eran normales, débiles no se veían. Me dijo Max que traía chamarra de cuero. Le quedaba un poco floja. ¿Del cuerpo? También de los brazos, digamos que el bato no era muy calote. Ya; como te dije, estamos buscando al asesino de Mariana Kelly y cualquier cosa nos sirve. Mi primo Wang está muy apenado, hasta cerró un día sus restaurantes como duelo; Max, si no puedo ver a la jefa, dile que mi primo le desea que su dolor sea llevadero. Se lo diré.

Mi poli, qué bueno que dejó Narcóticos, también que en esos tiempos no éramos tan vengativos porque ahora, sales de casa y no sabes si vas a volver. Lo mismo dice la gente común; a ver, Wong, tú que eres el más viejo, ¿crees que alguno de los presentes haya tenido que ver con la muerte de Mariana? Conocidos y no conocidos; hablo de que contrataran a un profesional. No acuso a nadie, pero he visto cosas y la neta, no metería las manos al fuego por nadie. Especialmente por los que no conoces. Para empezar, pero a los que conozco, los conozco. ¿Qué quieres decir? Max Garcés apagó su cigarro en el piso. Pues eso, después de la traición de Eloy Quintana, un cabrón que estuvo con nosotros desde el principio, a pesar de que le dimos piso a él y a su gente, no falta a quien se le pueda ocurrir pegar donde más duele. Órale, creemos que el asesino entró por la ventana después de descolgarse de la azotea. ¿Neta? Pues tiene que descartar a la mitad, mi poli, son gordos y estábamos bien goteados; antes de ir a la reunión, que se retrasó un poco, nos tragamos dos botellas de *whisky* con esas gotitas que usted ya sabe, estuvimos en mi habitación, todos menos los batos que no conozco. ¿Y el de Hermosillo? Pasó por ahí, se quedó un rato, se tomó un trago y desapareció sin despedirse; pero eso es normal, la raza nunca se despide: es de mala suerte. Órale. Allí no le puse atención, lo waché en la bola, nomás; en la junta lo vi mejor. De los demás a ninguno lo viste nervioso. Se veían normales, escuchando atentos a la jefa, informando sus pedos. ¿Fueron a seguir tomando cuando terminó la junta? Qué íbamos a tomar: salimos disparados, es lo que siempre se hace. Ya no viste al de Hermosillo. No, al único que vi fue al compañero de San Luis que regresó conmigo en el avión de mi primo; en el aeropuerto había varios aviones de la raza: es la mejor manera de regresar rápido al origen, pero no lo vi a él; ya que terminemos, me voy volado, esta noche tenemos fiesta y no me la quiero perder. Está bien, en cuanto te acuerdes en dónde viste antes al de Hermosillo, me lo haces saber, y si sale algo te llamamos. El Gato te decíamos, mi poli; los que te hicieron el jale del carro jamás pensaron que la ibas a librar. Déjame los nombres con Max, por si se ofrece. Ni caso tiene: salvo uno, todos están muertos. Entonces justicia divina, sonrieron.

El Diablo y el Chóper aparecieron para llevar a la Hiena Wong al aeropuerto.

Max le contó: Wong desconfía de Durazo, nuestro representante en Hermosillo, dice que era muy amigo de Eloy, el hombre que nos traicionó; pero Quintana era amigo de todos; y esos desconocidos son gringos, de toda la confianza de sus jefes. ¿Lo de la chamarra de cuero nos podría decir algo? La mitad traía chamarras de cuero. O sea que estamos jodidos. Y agujerados del medio. Estoy buscando un escalador, la Hiena dijo que la mitad eran gordos, ¿viste algún flaco que pudiera descolgarse sin problemas? Había varios delgados, pero no les doy mucho como escaladores. ¿A qué hora llega el de Hermosillo? A las tres de la tarde, ¿y sabes qué? No es precisamente un fideo. ¿No? Debe pesar unos noventa kilos y es bastante torpe. Bueno, cuando lo tengas acá me avisas.

Mendieta sintió que no había avances, que era un caso complicado, sobre todo por los personajes que debía interrogar, ¿por qué la Hiena Wong no quiso soltar prenda por teléfono? No era de peso lo que dijo, ¿lo quiso probar, ver cómo estaba? Que se joda, si ocultaba información lo único que conseguiría era retrasarlos, y esa mierda de recordarle su pasado, ¿habría algo allí? Todos estaban muertos, menos uno, ¿y? Ya me están cansando estos cabrones; pensó que si quería tener la adrenalina al cien tendría que ir por la Tenia Solium, sin embargo, no fue necesario esperar ni un minuto, apenas se pusieron de pie de la calle les llegó una balacera mortal. Rápidamente Max tomó un AK-47 y salió. Irak. Ruido intenso. Afganistán. Pájaros de fuego. Culiacán. Tres hombres que los aguardaban se hallaban sobre la barda disparando como demonios para la calle. Qué onda, preguntó Max, el Zurdo a su lado. Son los nuestros, los estaban esperando. ¿Por qué no les has mandado un bazucazo? Dame chance, pasó el AK-47 al Zurdo y tomó la bazuca. No hay ángulo de tiro. Max vio, descendió y fue con Mocoseco que no paraba de disparar. Dame chance, loco. Trepó. Se agachó porque en ese instante lanzaron una descarga sostenida. El Zurdo con la boca abierta. Garcés se incorporó y les lanzó un bazucazo de estruendo. Broomm. Una Hummer oscura voló por el aire y otra escapó con el acelerador hasta el fondo. Sepulcro. Max descendió y todos salieron. El Zurdo, según él, listo para disparar. La camioneta blindada había resistido, pero exhibía como trescientos orificios y dos llantas ponchadas. El Diablo le dio reversa y la metió a la casa. Vámonos, Mendieta, sal primero, ordenó Max. Ni madres, salgo con ustedes o no salgo. Los de la camioneta bajaron: El Diablo y el Chóper con la adrenalina hasta el tope, la Hiena Wong imperturbable, con el AK-47 con el que había respondido el ataque, caliente. Subieron a la Tundra blindada de Max, el Zurdo al Toyota con todo y fusil y los guaruras a una Hummer negra. Mi poli, le gritó Wong. Ya sé quién es el bato, llegando a Mexicali le echo un fon. Salieron velozmente. Llama cuando te dé tu rechingada gana, musitó. El Toyota en medio. El barrio, como si nada.

¿Qué hace este cabrón? A Max le molestó que Mendieta conservara su posición en la caravana. Nos va a seguir, aclaró el Diablo Urquídez que conducía. Hasta que el señor Wong le diga lo que le tenga que decirle. Pues nos tendrá que seguir hasta el aeropuerto. Es un cabrón ese poli, el Gato le decíamos.

Antes de que la Hiena Wong entrara a la zona de avionetas, el Zurdo se aproximó. Eres duro, mi poli, es neta, y qué bueno que no te moriste. Háblame del bato. Era ley, estoy seguro. ¿Recuerdas su nombre? Qué pasó, la balacera me activó el coco, pero no tanto, pero Max lo debe saber, al menos el que usó en la reunión de Mazatlán; el nombre que sí sé, es el del único que queda vivo de los que explotaron tu mueble y después te balacearon. Se miraron a los ojos. Valente Aguilar, más conocido como la Tenia Solium. Ándese paseando.

Realmente no lo hacemos tanto, ¿no se estará acostando con otra el cabrón? Lo deshuevo al hijo de la chingada; tal vez deberíamos hacerlo más seguido, relaja, da alegría y une, hasta el jefe anda como lechuguita; también sirve que le quito las ganas, no se le vaya a atravesar una plebe y le vuele la cabeza. Ring. Era Robles: Agente Toledo, reportan un siete cuarenta y seis en Las Quintas. Enterada. Le marcó a Mendieta: Jefe, una balacera en Las Quintas, ¿le llegamos? ¿Quién avisó? Una vecina llamó al 086, es por Estado de Puebla. Estuve presente. ¿Qué? Tiene que ver con el caso Kelly, esa casa la elegí para interrogar sospechosos, a uno de ellos lo estaban cazando y se armó la tracatera, debe haber muertos porque volaron una Hummer. ¿Qué hacemos? Espérame, no puedo ir en el Toyota. Ya avisaron al forense y dos muchachos de Ortega van para allá. Ahorita los alcanzamos, pasó hace alrededor de cuarenta minutos, ahora estoy llegando a la jefatura.

Hummer calcinada. Cuerpos carbonizados. Tres AK-47 y cuatro pistolas quemadas. El portón verde oscuro de hierro de la casa del cártel con viruela. Un par de vecinas atisbando por sus ventanas, un señor gordito rumbo al súper. Hey, Zurdo, ¿tienes alguna idea de lo que pasó aquí? Pinche Quiroz, ¿por qué no te quedaste en Colombia? Te traje tu café, para que sepas lo que es bueno. Te hubieras quedado, quizás ahora serías corresponsal del *Hola* o del *Hello*. Oye, ¿cuál es tu teoría sobre estos hechos? A reserva de lo que declare el comandante, dicen que por aquí hay una casa de seguridad del CP, a lo mejor es esa balaceada, y que allí se encontraban reunidos un pesado del norte y otro de acá, incluso se asegura que un detective que está resolviendo un caso se hallaba presente. Caray, Zurdo, qué mal amigo eres, ¿qué pierdes con mostrarme lo que piensas o lo que has oído? Si quieres te escribo la nota, pinche esclavo de los medios. Dices puras pendejadas, ¿cómo puedo hacer buen periodismo si no me das información? Ya, no te pases, no tarda en llegar Pineda, es el que sabe santo y seña de esta bronca. Pensé que mi amigo eras tú. No seas llorón, pinche Quiroz, ¿te trataron mal las colombianas? Creí que podría tener información fresca contigo. También crees en Dios y nunca reniegas; espera al zar antidrogas y no estés chingando la pava, no tarda.

En una hora solo quedó la mancha del enfrentamiento. Iban rumbo a la jefatura cuando sonó el celular de Gris Toledo. Diga. Señorita, espero que no se hayan olvidado de mí. ¿Quién habla? El Comevidrios, artista exclusivo de El Quijote. Se escucha muy bien, Rodelo, te paso al jefe, el Zurdo continuó. Qué, ¿te acabaste las botellas de La Pipima? Peor, me tuve que venir; un compa de allá, Nacho Trejo, me avisó que me andaba buscando gente de la Tenia; estoy aquí con todo y familia. ¿En serio? El miedo no anda en burro. Está bien, ve al hotel El Mayo y hospédate, ahora llamaremos para que te reciban. ¿Y lo del Quijote? Eso lo vemos mañana.

Gris hizo los trámites necesarios. El Zurdo le contó de su conversación con la Hiena Wong y de que debían anunciar el debut de José Rodelo para el día siguiente. ¿Ya habló con los dueños? No, pero a lo mejor a la Tenia le gusta el espectáculo. A propósito de poner al tanto, hace tres días mataron a un hombre mayor en el estacionamiento de Citicinemas, pero la familia prefirió dejar las cosas como estaban, se llamaba Samuel Estrada. ¿Samuel Estrada? Me suena. Claro, está en la lista de pacientes del doctor Manzo. No sé, ¿hay algo más?

Lo investigué: purgó condena en La Mesa por narcotráfico, acopio de armas de uso exclusivo del Ejército y resistencia a la autoridad: casi veinte años a la sombra, salió libre hace dos. Mmm, claro; agente Toledo, eres una Toledo de primera; es tiempo de que tomes tu primer curso de especialización, ya nos pondremos de acuerdo. Hay algo más, conversé con su hijo. ¿Con Jason? Gris sonrió. No, con el de Estrada, un chico listo, me confió que su padre guardaba un papelito con el nombre de Antonio, el Rorro Gómez Maz, en un bolsillo de la chamarra que usaba diario y que hacía de recadero de Carlos Arredondo. Otro paciente de Manzo y narco activo, según Terminator. Gómez es amigo de Blake y le confió que iba a Mazatlán sin especificar a qué. Órale, deja verlo con Max. El caso es que Arredondo le llamó al joven, le prometió ayuda para la familia y le señaló al culpable, ¿sabe quién es? La Tenia Solium.

Ándese paseando.

Cuarenta y dos

En tres horas el amigo de Ugarte, un arquitecto con nexos en todos los sectores, los instaló, consiguió pasaportes a su nombre y les prestó dinero suficiente para sobrevivir unos días. Siendo agradecidos, evitaron cualquier llamada de sus teléfonos, detalle que el arquitecto ignoró concluyendo: Cada quien hace de su culo un papalote. Lo que no pudo pasar por alto fue que, en efecto, el chico dinámico y pegajoso de la secundaria había desaparecido, en su lugar encontró un infeliz en los huesos. Pobre cabrón, era buena bestia. María lo convenció de que le pasara un número de cuenta para depositarle su préstamo tan generoso; después le marcó de un teléfono público a su amiga Loretta y le pidió que le trajera o le mandara dinero suficiente con una persona de su confianza. Oye, me tienes en ascuas, esta mañana pasé por tu casa y estaba llena de hombres con trajes grises resguardándola, ¿qué sucedió, estás bien? Es algo espectacular, después te pongo al tanto. ¿Puedes darme una idea? Mi marido iba conmigo y dijo que por la cara de los tipos debía ser algo grueso; hace rato volví y todo normal, como si estuvieran ustedes allí, hasta me daban ganas de llegar. No es fácil explicar, por lo pronto no te acerques ni llames, ahora mismo estoy en un teléfono público; ya te contaré los detalles, por ahora confórmate con saber que estamos vivos y en lugar seguro, y hazme esa valona por favor.

Al anochecer, en el monumento a Los monos bichis, una persona le entregaría una maleta de ropa verde limón con efectivo suficiente.

Moni me va a prestar dinero, informó a Ugarte acariciándole el cabello completamente cano y algo más largo de lo que toleraba el reglamento oficial. Con eso te compraré el resto de los medicamentos y pagaremos a tu amigo, su rostro era apiñonado, suave, anguloso. Mantenía una relación con Loretta Livingston desde hacía ocho años, la misma que acababa de demostrar que también sabía ser solidaria. El esposo, un acaudalado exportador e importador de fragancias, lo asumía sin comentarios. ¿Cómo te lo hará llegar? Le platicó. Ya verás que te he aprendido algunas tretas. Iré yo. ¿Tú por qué? Estás muy frágil, no abuses. ¿Francelia está en la alberca? Cómo crees, esa guerrera está nadando en el mar, cabalgando olas y tragando agua salada como loca; puedo decir que es tan atrabancada como tú. Descansaban en el hotel Playa, una habitación amplia, frente al océano. Tengo que contarte algo, María. ¿Un secreto más? No cabe duda de que tienes estilo para revelar tu vida con gotero; sin embargo, no es necesario, Héctor, hemos vivido como hemos vivido y así nos tocó; no tienes por qué hacer confesiones de última hora, mujer con pene. Es importante. ¿Que te acostaste con la mayoría de mis amigas incluyendo a Loretta? Ellas me lo confiaron; así que: mejor descansa. Silencio para que se oiga el mar. Maté a Mariana Kelly.

El rostro de María Leyva se fue transformando del asombro a la rabia a la vez que se iba retirando de su esposo; si algo sabía de él es que era letal. Eres un hijo de la chingada. Ugarte se sintió lúcido, poderoso, protagónico; advirtió su sangre fluir; incluso el malestar lo abandonó por un momento, momento extraordinariamente crítico en que tenía toda la atención de su interlocutora. María se puso de pie con repugnancia, retrocedió un paso para no destrozar a esa alimaña con sus propias manos, ¿cómo se atrevió a semejante infamia? Le di un tiro en la frente, expresó Ugarte con una mueca abusiva; María resistió las ganas de asfixiarlo, destriparlo, quemarlo. En cuanto me reconoció le dije que tenía una deuda conmigo, que iba a morir por lo que me hizo; se lo señalé dieciocho años antes y lo recordó. Ella no tenía ninguna culpa, andaba con Samantha desde que éramos adolescentes; en todo caso la culpable soy yo que la asediaba siempre; luego me consolaba contigo, una lamentable aberración sexual. No lo tomó a mal; salía del baño, sin resistirse se dejó conducir a la cama, se sentó, y le disparé en la frente con la Smith & Wesson, luego recogí el casquillo y la ojiva. Toda venganza es absurda, pero la venganza por amor es una estupidez; después de tantos años, ¿cómo te atreviste, mujer con pene? El corazón no olvida, María, y el mío es un chip. Y, por supuesto, todo este aquelarre en que nos traes tiene que ver con eso, te deben andar buscando por el mundo entero. Fui a una reunión con Samantha después, tuve ganas de embarrárselo en la cara, pero quería pasar mis últimos días con ustedes; la miré con cierta insolencia para anunciarle el daño que le había infringido, algo sintió porque me despidió vigorosamente y me auscultó con sus ojos de bruja. María salió al balcón muy crispada, evidentemente necesitaba decidir el siguiente paso. Ugarte encendió el televisor:

Javier Solórzano daba la noticia de la muerte del general Atenor Alvarado en la blanca Mérida. Acribillado a las siete de la mañana cuando se ejercitaba en el Paseo Montejo; un hombre cercano al presidente, quien esta mañana lamentó la muerte de este mexicano ejemplar, así lo llamó, y anunció la creación de un cuerpo especial para acabar con la delincuencia organizada. ¿A quiénes afectamos, general, quién nos está cobrando caro? No creo que sea el secretario, es un imbécil, y si no es él, ¿quién? Dios mío: ¿el presidente? Alvarado era su operador más eficaz con las bandas, el único de sus consejeros que sugería negociar la paz a cualquier precio. Esos eran sus planes y sus afanes, y los eché a perder. ¿Quieren parar la guerra o al Cártel del Pacífico? Claro, la iniciativa Mochis, y nosotros estorbamos; ni hablar, me debía varias.

Se sintió satisfecho, después de tantos años de espera jamás pensó que experimentaría tanta paz; percibió su pistola en el abdomen y concluyó que no tenía caso retardarse, ¿para qué? Uno de sus objetivos, quizás el más vital, se había cumplido correctamente. Por la ventana vio la silueta de una sirena y la sombra mortal revoloteando.

Apagó la tele.

Cuarenta y tres

Cerca del aeropuerto el cártel tenía una casa donde el Zurdo se encontró con Nicanor Durazo. Era corpulento y sudaba mucho. ¿Tienes parientes en Sinaloa? Mi madre es de acá, uno de sus hermanos trabaja en el Gobierno, no sé de qué, pero creo que es caca grande; de chiquito siempre pasaba vacaciones acá. Cuéntame de la reunión de Mazatlán. Durazo echó un vistazo a Garcés que le indicó que podía hacerlo. Fue corta, éramos ocho y la señora, como me tocó un cuarto en el primer piso fui el último en llegar, como a las ocho; ya se me hacía mucho que el Macaco no me avisaba que ella iba para la junta, como habíamos acordado.

¿Qué hacías mientras? Me gustan mucho las películas de Frank Sinatra, pasaban *El hombre del brazo de oro*, doblada al español y estaba clavado. ¿Desde cuándo practicas rapel? ¿Yo? No estoy loco, mi único deporte es la «barra libre». Fuiste al cuarto de Wong antes de la reunión. Pero no me quedé, aparte de que no soy santo de su devoción no había dónde sentarse. No sabía que tuvieran ustedes problemas, intervino Max. Fue una mujer, eso pasa a veces; no sabía que él aspiraba a ser su machín hasta que me reclamó. Espero que no pase a mayores. Para mí es agua pasada, ¿interrogaron a Wong? Eres de los últimos, señaló Mendieta, que decidió parar allí, ese hombre de Tarzán tenía solo el bigote, o sea: nada. ¿Viste a alguien raro, nervioso o eufórico? No, tampoco había mucha luz como para notar detalles, lo único que recuerdo bien es el olor: a rosas frescas.

En pocos minutos se quedó solo con Garcés. Encendieron cigarrillos. Este cabrón solamente pudo rapelear colgado de mis huevos, además, fue el último en aparecer y el que la Hiena señala llegó antes que él; Max, hay alguien que se nos escapa, si la vigilancia, aparte de Mocoseco, funcionó y no fue un profesional contratado, entonces fue alguien que conjuga las dos cosas: es profesional y fue lugarteniente, me gustaría hablar con Samantha, ¿cómo se encuentra? Sin ánimos, de verdad que las viejas se quieren a morir. Son increíbles; Max, ¿dónde estabas a la hora del crimen de Mariana Kelly? En la sala de juntas recibiendo a los invitados. ¿Quién acompañaría a Samantha al lugar? El Macaco y dos más, fumaron. ¿Conociste a Samuel Estrada? El Turco, cómo no, ¿qué con él? Lo mató la Tenia Solium. Max fumó con fuerza. Muy al principio, cuando vivía don Marcelo, era gente nuestra; incluso lo apañaron la noche que mataron a mi padre, que en paz descanse, y se echó veinte años; desde que salió libre se fue con los Arredondo, que están creciendo y si no nos ponemos truchas en unos cuantos años nos pelearán la plaza; odiaba a los Valdés porque creía que le habían puesto un cuatro. Debe haber cantado machín en prisión. Fíjate que no, al parecer quería vengarse él mismo, era torvo, muy rencoroso; además de que cuando estás en el bote sueltas un nombre y te chingaste, tienes que soltarlos todos. ¿Por qué lo mataría la Tenia? Ese es capaz de matar a su madre, por eso no lo quisimos con nosotros.

La tarde era suave, se hallaban sentados en mecedoras ante una ventana con persianas japonesas cerradas. Max le ofreció coca, el Zurdo tomó un pequeño grano y lo puso en su lengua, lo dejó unos segundos y escupió. No vaya a ser que me enganches y me salga más caro el remedio que la enfermedad. Garcés colocó una dosis respetable en su nariz. Oye, ¿qué onda con el Rorro Gómez? Extraño que preguntes: ayer llamó, pidió autorización para darte piso. ¿Y? No te tocará ni con el pétalo de una rosa, ¿sabes por qué quería matarte? Dime tú. Torturaste a uno de sus amigos. Ah, es el cabrón que agarraron el Diablo y el Chóper en El Farallón. Y aquí hay un pedo: el Rorro debía estar en la reunión de Mazatlán, pero se quedó dormido; aun así tuvimos una persona por Tijuana que no hemos logrado identificar, ni ellos saben quién es. Mendieta se movió en la silla sin levantarse. ¿Por qué no me lo habías dicho? Tú los recibiste, Max fumó. Como has visto, fue una reunión de lugartenientes y no nos sorprende ver personas con las que no estábamos familiarizados, es una forma en que los jefes se protegen; el Rorro vino, pero se parrandeó con unas viejas, hasta ayer me dijo que él era el comisionado. ¿Podría ser el asesino? No creo, es más tosco que Durazo. Alguien lo sustituyó, ese es el cabrón que se nos escapa. Y es muy probable que sea el compa que señala la Hiena, que estaba medio pedo y como pudiste notar es bastante despistado, pudo confundirlo con Durazo. Quiero hablar con el Rorro, encontraron un papelito con su nombre en la ropa del Turco Estrada, y tal vez tuvo algún contacto con el impostor. Imposible, ¿no te dije que no te molestará ni con el pétalo de una rosa? Esta mañana le metieron treinta balazos. Órale, con el Turco muerto esa línea de investigación se paraliza, reflexionó el detective.

Recuerdo un hombre esmirriado, con chamarra de cuero, algo demacrado, de unos setenta o setenta y cinco años; solo lo vi un momento; el Rorro no supo qué responder cuando le preguntamos quién había venido en lugar de él. Tal vez Samantha lo vio mejor, márcale.

La jefa del Cártel del Pacífico se reanimó. Quizá les cayó un infiltrado en Mazatlán, Samantha Valdés, ¿recuerdas al de Tijuana? Era muy guapo, hasta se lo dije, muy buen porte a pesar de su vejez; iba a llamar a su jefe para preguntar sobre él porque esperábamos al Rorro Gómez, pero con esta bronca se me voló la cabeza. ¿Alto? Uno setenta más o menos, como yo, delgado, muy derechito, y tenía una sonrisa especial cuando me despedí de mano, que por cierto la tenía suave, un poco afeminado, pero fuerte; ¿él fue el cabrón? No sé, ya te informaré, pero es muy buen punto, ¿te recordó algo, a alguien? Tal vez lo conocías. No me caló, pero ya ves cómo son las cosas; oye, si es él tienes que encontrarlo. Lo sé, solo que se hizo humo. Si necesitas recursos pídelos a Max. Antes de que cortes: ¿cómo era esa sonrisa especial? Guardó silencio. No sé, como de superioridad, era un tipo bien plantado, uno de esos que cualquier mujer desea tener cerca, digamos que como Leonardo DiCaprio o Brad Pitt. Pero si esos tipos están más feos que pegarle a Dios en viernes santo. Feliz tú que puedes bromear, Zurdo Mendieta. Disculpa, gracias, estamos en contacto. El detective se apresuró a cortar porque su celular se había vuelto loco. Era Susana. La escuchó. La persiana japonesa era oscura. Max, debo atender un asunto personal, llama a Wong antes de que se vaya a su fiesta familiar, tal vez ya recordó el nombre del tipo que le dio mala espina; es evidente que no es Durazo.

Encontró a Susana muy alterada en su casa acompañada de Jason. Un gringo, que se identificó como Jackie Chan, apareció preguntando por Arnold Schwarzenegger. Su aspecto era similar, salvo por sus rasgos orientales, baja estatura y menos musculatura.

¿Se acuerda de mí? Francamente no.

Estuve una vez en su restaurante, con un amigo fortachón que la pretendía. Ah, ¿sí?

Ando en su busca, ¿lo ha visto? Se hospeda en el hotel Tres Ríos y hace cuatro días que no lo vemos; tal vez regresó a Los Ángeles.

No regresó, tiene un chip que se desactivó hace varios días. ¿De verdad?

Se desactiva cuando la persona viaja a la luna o la entierran. ¡Qué!, ¿quiere decir que murió?

No lo sé, hablaba con él todos los días, siempre de usted; no creo que se haya perforado el brazo para sacarse el chip y enterrarlo. Espero que esté bien; solía venir a invitarme a comer o cenar, pero nunca acepté.

Estaba muy enamorado de usted. Encaprichado, diría yo.

Ese novio suyo, con el que peleó, ¿dónde puedo verlo? Es detective, supongo que en la jefatura de policía.

¿Su nombre? Edgar Mendieta.

Dijo que te iba a buscar y que estaría lo suficiente para encontrar a su amigo, vivo o muerto. Se veía pálida, alarmada, deteriorada. ¿Hay algo que no me hayas dicho, Edgar? De ese tipo nada, como imaginarás, no es alguien que me quite el sueño. Mamá, no debiste decir su nombre, los marines son muy tenaces cuando han afectado a uno de los suyos. Está bien, Jason, no pasa nada, no hay nada que ocultar. Perdón si la regué. No te inquietes, seguro mañana aparece por la jefatura y le aclaro lo que sea; por lo que nos cuentas, cree que lo mataron. Fue lo que me dio a entender. Con los marines hemos topado, expresó Jason. Qué perrón; he oído que con esos chips los ubican en cualquier rincón del mundo. Marca al Tres Ríos y pregunta por él. Jason lo miró ansioso, luego sonrió y fue en busca de un directorio telefónico.

Hace cuatro días que no vuelve, informó el joven intrigado. Okey, voy a esperar al señor marine, si está investigando el caso y no es de la Interpol, no podremos colaborar demasiado, pero no se preocupen, los gringos pocas veces necesitan nuestra ayuda para casos como este: el grandote debe andar pisteando en Altata plácidamente, ¿quieren ir a tomar algo? Vayan ustedes, Gustavo y yo queremos salir con las chicas. ¿Aún se quiere suicidar? Ya no, se ha sumado a nuestro club y será militar como su padre. Pero si odiaba esa profesión, ¿cómo lo convenciste? Él solito, el coronel lo buscó para darle su navidad y platicaron largo, está encantado con que siga sus pasos. Espero que tú sigas los tuyos. Ya, mamá, relájate, vayan a dar la vuelta y no lleguen tarde, luego mi abuela anda por ahí como duende. El Zurdo respondió una llamada de Gris. Jefe, no me busque en la jefatura. No lo haré. Me salí hace rato, después de hablar con Lizzie Tamayo que llegó con la espada desenvainada por lo que le habíamos hecho a Blake Hernández. ¿En serio? Dijo que ella jamás había presentado demanda contra nadie y menos contra él, que no le interesaba saber quién asesinó a su esposo y que por su parte podríamos olvidarnos del asunto. Bueno, tomaremos en cuenta su sugerencia. Llamó Ortega, dijo que los objetos de rapel no aportan nada y que no tiene más que informar; en cuanto a los videos, están dañados, jefe, se ven puras rayas negras, no creo que nos sirvan para sacar alguna conclusión. Está bien, relájate.

En el Toyota encendió el estéreo. *Bette Davis Eyes* con Kim Carnes.

Fueron al Quijote que se hallaba atestado.

La Cococha se quedó de una pieza al reconocer a Susana Luján. Pero muchacha, qué bárbara, estás igualita, guapísima y con tu perfecto *derrière*. Pero si tú, Cococha, te ves super-bién. Se abrazaron. Zurdo, qué bueno que la trajiste, ahorita les ponemos una mesa.

Susana se encantó, los borrachos veían su cuerpo y comentaban entre ellos; a Mendieta le hizo bien ese detalle, podía contar con los dedos de una mano las veces que acompañó a una mujer hermosa que fuera admirada por todos, y más en el corazón del relajo como era El Quijote. El vocalista del grupo norteño enfrentó a la concurrencia: Cómo no, claro que sí, cantaremos los corridos que ustedes pidan, pero antes acarícienme la que me cuelga, cabrones, invitó adelantando la panza. Chinga a tu madre, le gritaron. También su mamacita puede, aquí no dejamos sentido a nadie. Chicaspiolas, cuenta el del chile transgénico. Siéntate y te lo cuento, papá. Eres puto. Eso creías, dile a la raza cómo te dejé, no te avergüences, Nalgas Meadas, que para eso naciste. Ya canta, cabrón, pareces vieja chimolera. ¿Escucharon a mi señora? Su palabra es la ley; mija, ¿qué haces aquí? Te dejé la quincena completa, ¿no te alcanzó? Para el chivo o para el sancho; sí, bueno, sí, cómo no cómo no, *La banda del carro rojo*, éxito de los inmortales Tigres del Norte. Arriba Rosamorada, putos. Y chingue a su madre el que se raje. Canta ya, Chicaspiolas, y deja de decir pendejadas.

Los instalaron en un lugar discreto, les sirvieron tacos de carne asada, cerveza y salsa mexicana. Machetazo a caballo de espadas, expresó el Zurdo sonriendo, luego, sin comprender por qué, le contó a la Cococha de Jason. Así que tuvieron sus cosas, eh, qué bueno, pero oye, no me cansaré de decirte lo bien que te conservas; tienes que pasarme la receta. Pero si tú no estás nada mal, Cococha, mantienes la tersura de la piel y el porte, que es lo más difícil de lograr. También tengo mis secretos, hay que intercambiar, ¿no? Qué sorpresa, Zurdo, qué sorpresa. No hagas tanto aspaviento y trae las otras. Ay, contigo, hace años que no veo esta belleza y no quieres que la disfrute, ¿y qué edad tiene el chico? Dieciocho. Y estrenando padre, qué bien. Cococha se retiró a cumplir su trabajo y ellos se miraron. El cuerpo tenía varios minutos pidiendo acción, pero el Zurdo lo tenía más o menos controlado. Susana le tomó la mano y le miró los ojos. ¿De veras vendrás a Los Ángeles? En cuanto se vayan, ya investigué: está cerca de Guasave. Edgar, no puedo creer lo que está pasando, lo bien que congeniaron Jason y tú y bueno, nosotros, después de tanto tiempo. Somos un mito urbano. Te quiero, Edgar: gesto de entrega, vista sin parpadear, mano santa. Lo digo en serio, la Cococha que escuchó lo anterior colocó discretamente las botellas de cerveza en la mesa y se escabulló. El detective sintió que su organismo se sacudía, que existía Dios y era su vecino en la Col Pop. El cuerpo vibraba feliz y lo manifestó con una erección fulminante. Hey, tranquilo, todo a su tiempo. Me está haciendo señas su cosita, Zurdo, lo juro. Ya, no te aceleres, lo interrumpió el Séptimo de caballería de su celular. Aquí Mendieta. Llamé a la Hiena, el tipo era militar, lo recuerda de hace veintitantos años y se llama Édgar Iriarte. ¿Es mi tocayo? Parece que sí. Gracias Max.

El Zurdo se volvió a Susana que se pintaba sus labios de rojo borgoña con movimientos *sexis*. Ándese paseando. Se veía más hermosa que la única vez que estuvo con ella. Yo también la quiero, reflexionó. La quiero un chingo; y sí, me gustaría vivir con ella el resto de mi vida; como dirían Los Beatles: aquí, allá y en todas partes; la pasaría poca madre con Jason. Su cuerpo clamó, pero fue inútil: era tanto el romanticismo; solo recordó:

Creyente solo en lo que toco, yo te toco mujer hasta la entraña. Atentamente Jaime Labastida.

Salieron del sitio abrazados, besándose, escuchando *Stumblin In* con Sussie Quatro y Chris Norman. No vieron una sombra oriental que no los perdía de vista. Tampoco a otras dos que la apañaron, encapucharon, golpearon, subieron a la petaca de un auto oscuro y salieron con rumbo conocido.

Cuarenta y cuatro

¿Qué le dijo María a su hija sobre Ugarte? La verdad, incluso le contó de su enamoramiento compulsivo de Mariana Kelly y la manera en que su padre se sintió brutalmente afectado dieciocho años atrás pero que nunca pensó que fuera tanto. Eras una bebé, pausa en que miran a ninguna parte. No seguiré con él, si quieres acompañarlo hasta que muera es humano y será lindo, yo no puedo, esta noche me voy al DF a tramitar la visa e ir con tu hermano lo más pronto posible, quizá consiga una provisional para Navidad; estoy furiosa, entiendo que le hice mucho daño, pero ya no le tengo respeto y lo detesto, siento profundos deseos de aniquilarlo, de avisarle a Samantha Valdés y que lo despedace. Por favor, mamá, no lo hagas, te lo suplico. Gimoteaba desconcertada, dejó pasar el tiempo justo en que se lee un soneto. ¿Le contaste a mi hermano? A los catorce se enredó para aceptar la sexualidad de su madre, pero lo logró. Lo haré cuando llegue, y sabía que, de acuerdo a la tradición militar, su padre se quitaría la vida por propia mano. ¿Puedo pensar un poco? Le dio un beso frío y abandonó el restaurante; caminó por la playa y regresó cuando era oscuro. Encontró a María en el lobby lista para partir con su maleta verde y le hizo una seña para que la aguardara. Topó con un grupo de jóvenes borrachas con las camisetas mojadas. A veces la vida tiene más repeticiones de las necesarias.

En la habitación semioscura besó a su padre en la frente.
Sé que sabrás proceder, papá, musitó. Espero que tengas
el medio. Ugarte, sin abrir los ojos señaló la pistola en su
abdomen y se quedó quieto. ¿Me puedes decir quién fuiste?
El mejor, mija, el mejor, la chica: Yes en inglés, hizo un gesto
firme, tomó su mochila y le manifestó con voz intensa: Te
quiero, papá, y si te afanas: ahora más que antes. Yo también,
preciosa, ¿quieres saber cómo me nombraban? ¿Cómo? La
habitación se hallaba fría. «Nombre de perro». ¿Así nomás,
no eras Garfi o Beethoven? Solo así. ¿Por qué lo hiciste, pa?
Ugarte abrió los ojos y los clavó en esa joven de cabellera
brillante, bella y altanera que era su hija. Por amor, fue lace-
rante ver cómo tu madre y yo sufríamos por esa canalla, su
desprecio fue más que denigrante. Pero ¿por qué hasta ahora?
Porque regresé hace dos años, recuerda que en quince no pude
penetrar más acá de la frontera, y ella estaba muy protegida;
de pronto todo se acomodó, como si Dios me diera una última
oportunidad. Francelia resistió el impulso de abrazarlo y salió
sin escuchar: Por amor, que es lo único que hace las necedades
comprensibles. En su lugar aquella sombra se solidificó por un
momento. Ugarte vio su gesto firme y no se preocupó; por lo
visto ambos sabían esperar.

Enseguida, se puso de pie con cuidado. María pagaría
la habitación por varios días, pero él deseaba regresar a su ciudad natal lo más pronto posible, ¿por qué? Si no puedes elegir
el lugar donde naces, para morir tienes la prerrogativa. Ulises y
Moisés regresaron, a poco no. La sombra afirmó suavemente.

Salió y tomó un taxi a Culiacán.

Cuarenta y cinco

El 23 de diciembre fue un día especial. Mendieta, que había pasado la noche con Susana en su casa y tomado el acuerdo de intentarlo, llegó a la oficina con la idea de que las cosas se estaban acomodando solas, pero pronto cambió de opinión. Édgar Iriarte no figuraba en ningún padrón delictivo, incluyendo los de Interpol, PGR y FBI. Llamaron al Ejército, pero los cortaron de manera tajante: Aquí no se dan informes de ningún tipo y menos de militares. A mediodía estaban en el principio. El Zurdo, que no recordó asuntos de trabajo en toda la noche, sintió un chispazo de arrepentimiento, pero el pálpito de unos labios rojos y un pellizco de su cuerpo lo pusieron en paz, ¿qué valía más que eso? Gris, que pasó la tarde con el Rodo y su madre comprando regalos y en pareja hasta la medianoche, también se había olvidado de todo. Sonó el celular de Gris. Diga, era Montaño. Agente Toledo, su voz es tan hermosa como usted; una voz así solo puede venir de un alma buena. El forense, que hacía el amor con todas, no perdía la esperanza de encamar a Gris, razón por la que ella lo detestaba. No diga tonterías, doctor, qué se le ofrece que estamos en un cuarenta y cuatro. Le voy a enviar un regalo a su oficina. Ay, doctor, no se hubiera molestado, ¿quién le dijo que me gustaban los diamantes? Ni que fuera buchona. Sonrieron. Poca cosa tratándose de usted, solo por su amistad que no merezco. Bien, ¿algo más? ¿Está el Zurdo con usted?

Qué pasó, cogelón. Disculpa el abandono, ¿cómo te has sentido? Bien, pero qué le hace, el dolor ha bajado poco a poco y los moretes también. ¿Nada de náuseas y eso? Nada, pescadito. La costilla, ¿molesta un poco? Cero. Bien, cualquier cosa puedes llamarme, ya te dije. Caballería. Okey, nos vemos. Mendieta, el Zurdo respondió su celular; era Pineda. ¿Quieres venir? Encontramos cuatro cadáveres y por las batas pudieran ser dentistas.

Lo recibió Quiroz con una bolsa de café colombiano Oma y sus incisivas preguntas, grabadora en mano. Definitivamente, detective Mendieta, ha surgido un asesino en serie de dentistas, ¿cuál es su idea del caso? En efecto, y todo parece indicar que se trata de un periodista aterrado que ha decidido librar a esta plaga de la humanidad. Apagó el aparato. ¿Quieres que pase eso por la radio? No creo que quieras darme tanta fama. El medio está muy escamado, Zurdo, las muertes de periodistas cada vez son más numerosas y crueles. Si la curiosidad mató al gato, imagina lo que puede hacer con un periodista. No somos pendejos. Pero se arriesgan de más, tú te arriesgas de más. Es mi trabajo. Entonces no te quejes. Ya, pues, cuál es tu teoría en el asunto de los dentistas, con estos serían seis los asesinados. El comandante Briseño te dirá todo, llámalo; gracias por el café. Te recuerdo que mi amigo eres tú y, por cierto, ya me contaron de tu hijo, felicidades.

Los cuerpos se encontraban al norte de la ciudad, en un breñal al lado de un hotel de paso. Se hallaban desparramados, entre ellos uno femenino. Pineda compartió algunos detalles y Ortega otros: todos asesinados con balas de grueso calibre en algún lugar y acribillados *in situ* con calibre .45. Montaño, que trabajaba con dos ayudantes jóvenes, le informó que dos habían muerto la noche anterior, y los otros por la mañana. Los detectives tomaron nota, Gris Toledo observó cuidadosamente el lugar y recibió los efectos personales de los médicos para avisar a los familiares e impulsar la investigación. El homicidio como delito cotidiano es una hueva.

Mendieta se acercó a Pineda. ¿Algo de la Tenia Solium que no nos hayas dicho? Me dicen que lo está matando una muela. Gracioso sería, lo que no pudieron hacer innumerables locos. Pues ponte trucha porque te va a costar detenerlo, es un cabrón muy jabonoso y el ambiente lo favorece. Por mí que se lo lleve la chingada, al fin que está matando dentistas, pero creo que es un asunto de Narcóticos. Ni madres, es de ustedes, olvídate de que nosotros le vayamos a entrar. Quieres conocer a tus nietos, ¿verdad? Más o menos, a poco tú no, con ese hijo que te salió debes estar pensando lo mismo. No cabe duda de que vivimos en el mundo de la información. Por cierto, ¿le soltaste algo a Quiroz? Nada, es privilegio del jefe. Bien pensado; hace unos días me buscó una morra: que su dentista se escapó por los pelos de la Tenia, pero no pasó de ahí. Órale, bueno, gracias por el pitazo. Hasta pronto, Zurdo malhecho. Pineda y su gente de inmediato se retiraron del lugar.

Séptimo de caballería. ¿Alguna novedad, Zurdo Mendieta? Espera un poco, Samantha, hay un par de claraboyas que no se dejan cerrar. Estoy muy ansiosa. Yo también, a veces las adversidades se juntan para apabullarte y no sabes para dónde arrancar. Dímelo a mí; por cierto, sé más cuidadoso, anoche que saliste del Quijote llevabas cola. Cuéntame eso. Nada, solo cuídate, al menos hasta que me resuelvas el caso, recuerda que me lo prometiste para mañana. ¿Yo? Cortó.

Se llevaron los cuerpos a la morgue y pronto solo quedaban Gris y Mendieta, conscientes de que lo que tenían por delante era un monstruo imponente. El Zurdo marcó a Briseño y lo puso al tanto. ¿Qué piensas hacer con la Tenia? Mandarle unos chocolates como regalo de Navidad, ¿qué más? Pasémosle el caso al Ejército o a la Policía Federal. Por mí encantado, ahora mismo iremos para allá para completar el informe escrito y ejecutar su orden. Treparon al Toyota. Apenas subieron la calzada cuando. Oh oh, Mendieta advirtió que a la salida del motel los esperaba una Hummer deslumbrante. Traemos cola, Gris, una de las que te gustan. Gris se volvió.

Ni en mi peor pesadilla, después de un momento añadió: Son dos, jefe, la sigue una doble cabina: va a estar bueno el baile, la agente tomó el micro y pidió ayuda al momento que les llegaban los primeros disparos que tronaron las llantas. El Toyota coleó hasta detenerse, las balas rebotaban en el cristal blindado, agujereaban el chasis, pero se detenían en el blindaje. Jefe, con estas pistolas no somos nadie. En el piso está un cuerno, me lo dieron ayer para que lo tuviera un momento y me quedé con él. Gris lo tomó, abrió la ventanilla y disparó medio cargador que deshizo el parabrisas de los perseguidores, que respondieron de inmediato con dos cuernos que vaciaron con saña. Gris se reservó, adrenalizada. Malditos, atenta. En ese momento una descarga de Herstal atravesó el cristal posterior del Toyota sin herirlos, pero definiendo hacía dónde se inclinaba la balanza. Ay, cabrón. Mendieta recordó el instante lejano en que se incendió su carro y voló por los aires junto con él; fue horrible. Mierda, los disparos continuaban sin tregua. Jefe, nunca le he dicho, pero no sé rezar, ¿qué hacemos? Pásame el cuerno y toma tu pistola, vamos a salir, que esos cabrones sepan que hay placas, que no les tenemos miedo. ¿En serio? O sea que: nos la pelan. ¿Qué lenguaje es ese, agente Toledo? No pierdas la compostura y menos si vamos a morir. Lástima, jefe, ahora que usted andaba tan ilusionado con la mamá de su hijo. Todo pasa cuando sucede, agente Toledo, cuando te diga: saltas, no moriremos como ratas.

Se habían detenido, recibieron una nueva descarga mortal. Los detectives desde adentro dispararon, Gris por el cristal roto y el Zurdo por fuera; parecía que los sicarios entre más los enfrentaban más nutrido respondían, hasta que un tremendo bazucazo hizo saltar la Hummer que se incendió y una descarga de Barret trajo el sosiego absoluto. Los detectives descendieron del Toyota lleno de viruela con armas a la vista. Habían agotado sus municiones. De la camioneta doble cabina bajaron el Diablo Urquídez y el Chóper Tarriba alborozados, pinches cabrones, comiendo papitas con cerveza. ¿Todo bien, mi Zurdo? Nunca había sonreído con tanto gusto. Usted perdone, se me trabó la bazuca, explicó el Chóper. Por eso me tardé en disparar. Les vacié varias veces el cuerno, pero no era suficiente, añadió el Diablo. Aunque están muy feos para ángeles de la guarda, han sido bastante oportunos. Órdenes de la jefa, mi Zurdo, ya sabe cómo es. ¿Y esos quiénes son? Señaló la Hummer encendida. No se preocupe, no creo que pase mucho tiempo sin que lo sepamos. Vienen dos camionetas negras, alertó Gris. Se volvieron a los vehículos que se aproximaban en sentido contrario con varios hombres armados en las cajas. Ándese paseando, al lado, un descampado y una pequeña plaza de toros. ¿Son de los nuestros? No creo, mi Zurdo; vamos, Chóper. Los muchachos se movieron a su camioneta, el aludido tomó la bazuca y se parapetó tras la puerta, el Diablo regresó con los detectives con pistolas para ellos y un cuerno para él. Se protegieron tras el Toyota.

Las camionetas se detuvieron a treinta metros. Un hombre bajó, colocó fusil y pistola sobre el cofre y con las manos en alto se aproximó. Era el Tío Beto.

¿Quién es el Zurdo Mendieta?

¿Quién lo busca?

El señor Valente Aguilar quiere hablar con él.

El detective consultó al Diablo, que nada expresó, Gris negó.

Que venga aquí. Voy a acercarme.

En la camioneta el Chóper apuntaba sin parpadear al vehículo más cercano y el Diablo al sicario que, sin bajar las manos, llegó hasta el Toyota.

El Zurdo debes ser tú, mi jefe quiere hablar contigo. Pues que venga.

Tensión estifenkineana.

Se está muriendo, hace tres semanas le empezó a doler una muela, pero es cáncer y casi no se puede mover, le duele todo. Tan delicados ni me gustan.

Se acaba de bajar, anunció Gris Toledo que tenía ojos para todo.

Se volvieron y en efecto, la Tenia Solium avanzaba por el asfalto, despacio, dos hombres lo sujetaban de los brazos. Algunos carros se detenían antes de llegar al punto, daban vuelta en U y se alejaban. Menos uno, que se acercó prácticamente desapercibido hasta cerca del motel.

Si usted es tan hombre como dicen, Zurdo, vaya al encuentro de mi jefe, se lo pido de favor.

La Tenia avanzaba despacio, trastabillaba. Muy delgado.

Mendieta se movió y Gris con él. El Diablo hizo una seña al Chóper y los siguió. El Tío Beto bajó las manos y fue de vanguardia.

La Tenia mantenía la cabeza atada con un paliacate azul. Se detuvo bamboleante mientras los otros se acercaban. Gris craneaba la posibilidad de apresarlos a todos, Mendieta no tenía idea de lo que podría ocurrir: ¿Qué farsa era esa?

Frente a frente. La Tenia, ojos negros, lo miró con rencor. El Zurdo en el desconcierto, eso que le pasaba a veces, cuando no se explicaba por qué se hallaba en algún lugar, en cierto tiempo y en situaciones excepcionales.

Tú, verga, ¿sabes quién venía en esa camioneta? Voz cascada, bajo volumen, aliento fétido.

El Zurdo soportó el hedor sin comentar. El Diablo con el fusil empuñado, sin apuntar.

Mi hijo, cabrón. Acabas de matar a mi hijo, Zurdo Mendieta.

El detective sintió que se recuperaba, respiró hondo.

¿Para eso querías verme? Qué hueva, Tenia Solium.

Los sicarios que sostenían a su jefe sintieron que se tensaba, y luego que se doblaba.

Chinga a tu madre; mi hijo, cabrón, un muchacho que era mis ojos, que prometía, me lo mataste.

Eres una piltrafa, Tenia Solium, te estás muriendo como un pinche perro sarnoso.

Basta, no quiero oír más pendejadas; solo grábate esto, pinche poli de mierda: por lo de mijo, yo te maldigo cabrón, vas a morir de la manera más horrenda que hayas imaginado.

Ya me la pelaste una vez, Tenia Solium, ¿me la vas a volver a pelar? Qué emoción.

Pinche Gato, vales verga, lástima que no tuviste hijos, si no, te haría pagar machín.

El Zurdo se paralizó, una sensación extraña lo invadió.

La Tenia trató de escupirlo, hizo una seña de que lo llevaran de regreso. Diablo, ya arreglaremos cuentas, ustedes dispararon contra el Valentillo, no creas que no lo sé, y avanzó lentamente adonde lo esperaba su gente. Frío. Los detectives y Urquídez se retiraron sin darles la espalda. Antes de que la Tenia lograra subir a su vehículo con varios orificios, por la retaguardia surgieron tres camionetas disparando a lo que se moviera. Los Chúntaros habían llegado. ¡Al Toyota!, ordenó el Diablo.

En ese momento se oyó un zumbido; la camioneta de la Tenia recibió un impacto justo en los orificios y voló lo mismo que todos sus ocupantes. Los sicarios que conducían al asesino lo soltaron para responder el fuego. Aguilar quedó tambaleante, como sembrado, disparando sin tino; fue allí donde el jefe de los Chúntaros, un hombre de sombrero negro, le vació su cuerno de chivo. La Tenia soltó la pistola y fue cayendo poco a poco, cocido a balazos.

Dos minutos después de la segunda camioneta no salieron más disparos. Varios recién llegados se acercaron, hicieron señas rumbo al Toyota de que no había problema, y dieron el tiro de gracia a cada uno de sus enemigos. El que dirigía la operación sacó una cartulina de la Cheyenne que le pegó a la Tenia en el pecho: *Pleves, no anden de asecinos.*

En el Toyota el radio voceaba vuelto loco. Gris se adelantó e informó que todo estaba bajo control, que solo mandaran al forense y varias ambulancias. Los Chúntaros hicieron un saludo de despedida que el Diablo y el Chóper respondieron, y se alejaron por donde habían llegado. ¿Qué pasó? Inquirió el Diablo a su compinche. Se me salió el tiro, no me vuelve a pasar, creo que la bazuca no está bien, primero se traba y después está sensible de más. Urquídez movió la cabeza reprobando. Cabrón, ¿te imaginas si no le pegas al carro de la Tenia?

Mendieta quedó frío cuando vio que del auto que no se detuvo bajaba Jason con una sonrisa de oreja a oreja. ¿Qué era eso? Sintió que la sangre le hervía, ¿qué hacía ese mocoso en un momento como ese? Se aguantó las ganas de darle unos cintarazos, a la vez que se sorprendía de su reacción. Perdón, fue accidental que estuviéramos aquí, expresó el joven a quien no engañaba el gesto de su padre. ¿Cómo te atreves, acaso quieres que te maten? Se abrazaron con fuerza, Gris se sintió quebrada, el Diablo no lo podía creer. No te vuelvas a atravesar en una balacera, esta madre no es como en las películas. Jason afirmó con seriedad. Un día le dije a mi entrenador que eras el mejor policía mexicano, papá, musitó, no me arrepiento. El Zurdo no supo qué responder. Pensó que era Navidad y que bien podían pasar esas cosas. Vio que Gustavo se acercaba acompañado de las chicas y le vino una idea.

Cuarenta y seis

El coronel Domingo Félix H. los recibió en un despacho lleno de trofeos brillantes y diplomas, en su casa: era entrenador de basquetbol de los hijos de los soldados que vivían en el Campo Militar y pocas veces jugaban mal. Gustavo fue la clave para que aceptara hablar con ellos, además de cierta curiosidad por el nombre del personaje y las cosas de la vida. Las sillas eran incómodas, de metal, frías; el escritorio pequeño y el café de grano. Felicidades por su hijo, detective, pinta bastante bien. Lo mismo digo del suyo, que ya escogió carrera. Confío en que llegue a general, a lo que yo ni me acerqué.

Noche. Frío soportable.

En cuanto al individuo que busca, lo primero es que probablemente su nombre no sea Édgar Iriarte, ningún militar con el perfil que me proporcionó se llama o se llamó así, hizo una pausa. Tal vez sea Héctor Ugarte, un caso excepcional, un superdotado; no me explico por qué no se convirtió en héroe: tenía todo lo necesario. ¿Lo conoció? Cuando llegué aquí, estuvo varias veces con nuestro comandante de aquel tiempo; era agradable, muy carita y un fino conversador, puso un fólder de metal en sus manos. Eche un ojo.

Héctor Ugarte Rojo, grado: capitán primero, cuarenta y dos años cumplidos, inteligencia y servicios especiales, casado con María Leyva, una hija de diez meses, un domicilio en Las Quintas. Foto.

El Zurdo hizo cuentas y supo que acababa de cumplir sesenta años, ¿Por qué les pareció a Samantha y Max que tenía más de setenta?, ¿se equivocaron?, ¿no era el que buscaban?, ¿se maquilló? Wong tampoco recordó el nombre correcto, ¿padecerá alguna enfermedad? El hombre es una bestia ambigua. Leyó las únicas doce líneas de currículum que en nada lo auxiliaban. ¿Vive aún allí? Ni idea, como puede ver los datos son escuetos y es lo único que tenemos de él. ¿Tiene algo de los últimos diecisiete años? No se ofenda, pero es lo único que puedo compartirle sin sentirme traidor. Ni siquiera su nuevo domicilio. Nada. ¿Practicaba rapel o alpinismo? Ni idea. Como uno setenta de estatura. Más o menos, delgado pero fuerte, con algo de mujer. ¿Algún nombre especial, algún apodo? Los desconozco. Aunque breve, le agradezco la información, solo sáqueme de una duda, ¿por qué lo recordó y supo que Ugarte está más cerca de ser el hombre que buscamos que Iriarte? El coronel hizo una mueca, se puso de pie. Los detectives, aunque con retraso, lo imitaron. En dos minutos sedujo a una chica con la que me iba a casar: un cabrón así no se olvida.

    ¿Cómo se llama ese personaje de Shakespeare experto en provocar celos? Ay, jefe, yo qué sé.

    En cuanto subieron al auto de Gris, el Zurdo anotó los datos que no podría memorizar. ¿Qué ve, jefe? Oscuridad, una vez más estamos valiendo madre. Es lo que dijo el presidente: que somos una policía incapaz, corrupta e impreparada. ¿Cuándo lo dijo? Anoche, y lo leí hoy; oiga, qué grueso lo de la Tenia, ¿no? Y su hijo que quedó ahí nomás achicharrado. Y el Chóper que se le salió el tiro. Par de cabrones. Sin prisa se dirigieron a la dirección en Las Quintas, bastante cerca de la casa de seguridad del Cártel del Pacífico. Mañana es Noche Buena. Y pasado, Navidad; ¿cenará en familia? Es lo más seguro. Jefe, lo felicito, y como dijo el otro día, hay que olvidarse de todo este aquelarre y pasarla bien con nuestra gente; nosotros cenaremos pavo relleno con buñuelos de postre, invitamos a los papás del Rodo y voy a darme una buena chaineada en un salón de belleza. Pobre Rodo, lo vas a dejar todo turulato; yo no sé qué cenaremos, pero debe ser algo especial, Susana es dueña de un restaurante en Los Ángeles. Entonces sabe mover la cuchara. Es lo que dice Jason. Silencio. ¿Tiene alguna esperanza de que el tipo esté aquí? No, ni siquiera estoy seguro de que sea; al final lo único que sacaremos de este asunto es que tuvimos más dinero para los regalos. Es verdad, gracias a sus amistades. Mendieta hizo como que no escuchó y marcó a Susana. ¿Cómo estás? Acostadita. Qué bien, es lo que deben hacer las niñas buenas, ¿regresó el gringo? No que yo sepa; mañana cenaremos, ¿verdad? Claro, comeremos y beberemos hasta que la panza se nos ponga azul. ¿Andas trabajando? Positivo. Deberías pedir vacaciones e irnos por ahí. Estupenda idea. Te quiero. Yo también, buenas noches. Ligera pausa. Es bonito estar clavado, ¿verdad, jefe? Más o menos. Se relajaron. Las avenidas principales con bastante tráfico.

Llegaron al domicilio indicado: casa de un nivel a oscuras, jardín abandonado, paredes despintadas y descascaradas. Ni te detengas, pidió el Zurdo a su compañera. Esto está más solo que un cementerio de rancho, continuó despacio. Por la mañana daremos una vuelta nomás por no dejar. Mendieta estudió la fachada donde a punto de salir del ángulo de visión notó que una ventana se esclarecía. Espera, parece que hay alguien, estaciónate donde puedas. Tomaron sus armas y se acercaron caminando. Los vecinos, quizá viendo la tele, quizá durmiendo, lo más seguro haciendo preparativos para el día siguiente. Por las ventanas se esparcían las luces intermitentes de los árboles de Navidad. Discretamente, el Diablo y el Chóper se estacionaron a una distancia en que no fueran advertidos.

En efecto, en la ventana de la sala había un ligero resplandor. Traspasaron la reja tubular de casi un metro de alto y se agazaparon en la maleza dos minutos; un auto pasó por la calle. Por el abandono aquí no vive nadie, menos una familia con una hija jovencita, farfulló Gris; la iluminación desapareció. Órale, allí hay alguien, murmuró el detective. Quizá no sea el que buscamos, pero alguien acaba de cerrar una puerta o apagar un foco. ¿Qué hacemos? Lo más sencillo: vamos a tocar. Pues ya, jefe, porque me estoy orinando.

Toc toc toc. Después de un minuto largo, armas preparadas, escucharon pasos arrastrados. Ugarte abrió de golpe. Se veía muy flaco, muy viejo y enfermo a pesar de la oscuridad. Se miraron. ¿Esperaba a alguien? Ya no, y como pueden ver, no estoy en condiciones de, se interrumpió para examinarlos detenidamente. ¿Policías? No llegamos a tanto, pero usted es el capitán Héctor Ugarte Rojo, de inteligencia militar. Los contempló. Si me miran comprenderán que no los puedo atender, estoy realmente enfermo. Eso lo veremos nosotros, ponga sus manos a la vista, lo buscamos por el asesinato de Mariana Kelly. El hombre respiró hondo, sonrió, como que le quitaron un peso de encima. El Zurdo lo cacheó y lo condujo adentro, atrás de Gris que constataba que no hubiera otra persona en el lugar. Ugarte pidió permiso para sentarse en su reposet; Mendieta lo checó cuidadosamente. Gris volvió con la Smith & Wesson Classic, de cinco tiros calibre .38 especial, barra de tres pulgadas, silenciador. Una joya. Solo tengo una duda, capitán Ugarte: después de que te descolgaste, ¿cómo lograste entrar a la habitación de Mariana? El hombre se sintió mejor: ese policía le daba su lugar, requería algo que solo él sabía. Por la ventana de Samantha; se estaba bañando; por ahí salí también. Claro, esa posibilidad era la que percibía y no pudo dilucidar: dos ventanas muy cercanas, en habitaciones comunicadas, se volvió a Gris que hizo un gesto de afirmación. ¿Sabías que estaba abierta? No, cuando creía que había fracasado la descubrí, después fue cuestión de esperar. Tus razones tendrías para hacer ese jale, capitán Ugarte. Poca cosa, después de tantos años solo mi odio permaneció intacto. Como Edmond Dantes. Con la diferencia de que yo no pude perdonar. Encontramos el mecanismo de rapel, ¿estuviste colgado mucho tiempo? Como ocho minutos, Samantha no paraba de hablar por teléfono y un joven guardia no dejaba de mirar en mi dirección, tal vez a unas gringas casi desnudas, no sé, pero igual podría descubrir mi silueta en la ventana; un par de sicarios que hacían la ronda pasaron una vez conversando de sus conquistas amorosas sin poner interés en la pared rojiza, utilicé un mono del mismo color. Veo que eres bastante paciente. La paciencia es una adicción; con todo respeto, señor. Me dicen el Gato, Ugarte lo examinó un momento. ¿Acaso es usted el policía que se salvó de una explosión hace unos veinte años? Mendieta hizo un gesto de que no tenía remedio. Nombre de perro, así me conocieron muchos; le decía, con todo respeto, le agradecería me permitiera terminar yo mismo este asunto, para eso guardaba esa pistola, el Zurdo lo observó: Claro, una tradición militar. Y verá, solo realicé operaciones encubiertas, algunas realmente espectaculares, pero esta es personal y me gustaría que se supiera, si tiene usted algún amigo reportero y me hace el favor, el Zurdo sonrió, hizo un gesto de comprensión, salió al jardín y marcó a Samantha Valdés.

Tengo a tu hombre. ¿Quién es, Zurdo Mendieta? Héctor Ugarte, esposo de María Leyva. Reacción instantánea. Dios mío, apenas lo puedo creer. ¿Te paso la dirección o te lo llevo? Estoy llegando, el Diablo le llamó a Max hace unos minutos. El Zurdo no puso atención a una joven hermosa, cabellera brillante, con mochila a la espalda, que lo miró un instante desde la reja y se siguió de largo. Siete minutos después, la jefa del Cártel del Pacífico bajaba decidida de una camioneta negra. Max, el Diablo y el Chóper entraron con ella.

Se detuvo frente a Ugarte que la miró con aquella misma sonrisa especial de triunfo. Gris salió a acompañar a su jefe. Así que fuiste tú, mujer con huevos, ni por aquí me dio que te conocía, con esa decrepitud y el bigote que te pegaste. Por culpa de ustedes, por años mi matrimonio fue un infierno, malditas perras. Estás muy pendejo, pero muy pendejo, mujer con huevos. Pasé quince años separado de mi familia por culpa de tu padre. Para la falta que le hiciste a la bruja de tu mujer, una ofrecida sin escrúpulos. La miraba con altivez, confiado, pulcro; los demás observaban. Te vencí, Samantha Valdés, reconócelo; te quité lo que más querías, como ustedes lo hicieron conmigo; ahora sabrás qué se siente no contar para nada con el ser amado; la jefa, que tenía el rostro descompuesto, hizo una seña a Max que le pasó su .45 sin seguro. Labios secos, boca trémula. Apuntó.

El 24 por la tarde, por consejo de Ger, Mendieta fue a casa de doña Mary para preguntar si hacía falta algo y llevar un ramo de astromelias rosadas. Iba contento por él, por Jason y Cayetano Villa. El Jetta estacionado afuera. Lo recibió un joven desencajado enviando un mensaje por celular. ¿Qué pasó? Ella es así, impredecible, me pone de pretexto, pero, salvo con el marine, es ella la que no se atreve a comprometerse, le tomó las flores y las puso sobre la mesa. ¿Quieres decir que Susana se fue? En el primer vuelo. El Zurdo se desplomó, toda la mañana la pasó elaborando su informe y en el banco depositando su dinero. Jason puso su mano en su hombro. Tranquilo, papá, así son, no tienen lado, van y vienen. Mendieta sonrió sin gracia, le movió los asteriscos del pelo y le pasó una tarjeta de débito. Tu otro regalo; hay suficiente para que estudies lo que quieras, cuando quieras y donde quieras. Se abrazaron. Después lo convenció de que se divirtiera con Gustavo y las chicas. Eres un idiota, farfulló el cuerpo sumamente afectado, y de que él iba a estar bien.

En su casa, extrajo el cedé de Bob Dylan del estéreo y puso a José Alfredo: *Qué suerte la mía*, luego bebió por horas hasta perder el sentido. Chale.

Latebra Joyce, verano de 2012.

Esta obra se terminó de imprimir
en el mes de septiembre de 2025,
en los talleres de Diversidad Gráfica S.A. de C.V.
Ciudad de México